影踏亭怪談

大島清昭

王華懋 譯

目錄

台灣獨家
作者序 5
影踏亭怪談 7
朧隧道怪談 63
泥濘坡怪談 139
冷凍哈蜜瓜怪談 209
解說
當水被油吞噬 287

台灣獨家

作者序

大島清昭

近年在日本，雜誌《怪與幽》（『怪と幽』vol.003，KADOKAWA，二〇一九年）推出專題〈特集：妖怪天國台灣〉，何敬堯的《妖怪台灣地圖：環島搜妖探奇錄》亦推出了日文版（《[図説]台湾の妖怪伝説》，原書房，二〇二二年），感覺日人對台灣妖怪的興趣日益濃厚。對喜歡妖怪的我來說，能在擁有豐富妖怪文化的台灣出版《影踏亭怪談》一書，實在讓人感到萬分欣喜及榮幸。

過去我作爲在野的研究者，以民俗學爲主軸，站在跨學科的角度，針對幽靈和妖怪進行研究。原本我從事妖怪和幽靈的學術定義及分類這類基礎研究主題，但最近亦開始比較日本妖怪、靈異現象及幽浮等事例，關注如何將妖怪研究國際化。此外，我也運用身爲研究者的知識，出版了兒童怪談集。當時，我主要是以自身採集到的傳說故事爲基礎來創作。《影踏亭怪談》就是透過這樣的經驗誕生的作品。

本書中登場的呻木叫子是一名怪談作家，向遭遇怪異現象的人採訪他們的經歷。近年來，日本怪談熱潮迭起，其中實話怪談（註）特別受歡迎。書店有許多這類書籍，影音

註：根據眞人眞事寫成的怪談。

網站和活動上，也有各種怪談師活躍。換句話說，在現代日本，像呻木叫子這樣的人物並不罕見。

其實，本書中有幾則怪談，是根據我實際打聽到的神祕經驗寫下的。在這層意義上，這部作品不算是純粹的虛構小說，或許可說是位於創作與眞人眞事的中間。此外，本書除了是怪談，亦是一部推理小說。希望讀者在享受鬼氣逼人的恐怖之餘，也能體驗到密室殺人等解謎的樂趣。同時，若本作品能讓讀者對日本的怪談文化或推理作品產生興趣，那就是意外之喜了。

影踏亭怪談

我的姊姊是一名怪談作家。

她的本名是梅木杏子，取了個同音的搞笑筆名「呻木叫子」（註），主要是撰寫實話怪談。我本身並不討厭怪談，有時也會在二手書店買實話怪談的口袋書，但相較於那些作品，感覺姊姊的風格有點與眾不同。

現在書店和超商架上的口袋書，一般都會收錄數十則短篇怪談。尤其是標榜實話怪談的作品，大部分都沒有明確的結尾，留下詭譎的餘味。

然而，姊姊會盡量挖掘出怪談背後的原因。即使只發生一種不可思議的現象，但若有好幾個人牽涉其中，她會各別訪談，下筆的時候，以刊登所有參與人士的體驗爲前提，加上親自造訪怪談舞台的現場，在當地進行調查的結果。換句話說，除了怪談體驗之外，還加上現場採訪報導。而且，姊姊學生時代主修民俗學，因此雖說是怪談，更接近論文或民俗學的當地調查報告。所以，坦白講，姊姊的書一點都不恐怖。然後，不曉得是不是因爲不恐怖，銷路並不好。

這樣一個冷門作家呻木叫子，卻在年底的十二月三十日，自己出事了。姊姊在公寓住處的房間裡，被膠帶捆綁在椅子上，陷入昏迷。發現她的不是別人，就是我。姊姊當時的狀況，有個可謂異常到家的地方。

姊姊的雙眼，眼皮被黑線縫起來了。事後聽警方說，那些黑線是姊姊自己的頭髮。

在此回顧一下詳細經過。

姊姊剛出道文壇的時候，住在栃木縣北部的老家。兩年前，她突然搬到東京，在主要接稿的出版社附近的公寓一個人生活。儘管爲了去茨城縣上大學，姊姊曾一個人在外租屋，但畢竟時隔五年，比起她本人，父母更是爲她擔心。

這天，我久違地拜訪姊姊位在常盤台的公寓。姊姊不會在盂蘭盆節連假、過年、五月黃金週連假之類交通壅塞的時節回家。這是自由業的好處，返鄉時間可與一般上班族的假期完全錯開。只是，父母——尤其是母親，似乎還是很擔心姊姊一個人過年，於是特地要我帶著她親手做的年菜，以及親戚一起搗的年糕（令人驚訝的是，梅木家至今每年年底仍會舉行使用石臼和木杵的搗年糕大會），命令我：「去看看你姊。」反正，每天只是在坐落於田地的自家，和一樣坐落於田地的職場之間往返，我也感到厭煩，偶爾去東京看看，是很不錯的刺激。

姊姊的公寓在距離車站徒步三分鐘以內的地方，但屋齡絕對超過三十年，外觀老舊。那是一棟八層高的橫長建築物，就像上一個時代的集合住宅。大門當然不是自動鎖，我逕自行經管理室，搭上電梯。姊姊住在三樓剛出電梯的那一戶。

按了門鈴，卻沒人回應。我猜她可能在廁所，等了一會才打手機給她。她沒接，但屋裡傳來手機鈴聲，是九〇年代流行的動畫主題曲。我心生疑竇，朝著門內喊：

註：「梅木杏子」與「呻木叫子」，日文讀音皆爲Umeki Kyoko。

「姊！」毫無回應。門鎖著，不過母親給了我備份鑰匙。幸好沒上門鏈，我順利進屋。姊姊的住處是三房兩廳，一個人住實在過於寬敞，我總是疑惑憑姊姊的收入，怎麼有辦法支付房租？「姊！」我一邊呼喚，一邊踏進昏暗的室內。屋裡開著空調，十分溫暖。我走到飯廳，打開通往隔壁房間的拉門。那是姊姊當成工作室的房間。只見姊姊坐在書桌前的椅子上。

「搞什麼，人在怎麼不應個聲？」

我帶著怒氣抱怨，姊姊卻沒有反應。這時，我察覺異狀。

姊姊的雙腳被膠帶捆綁在椅腳上，雙腕也一樣被膠帶層層捆綁，失去了自由。閉著雙眼的那張臉，神情平靜，彷彿睡著了，可是雙眼流下疑似鮮血的液體，唇角淌下一絲唾液，這一幕我到現在仍記憶猶新。她的胸口微微起伏，氣色也不差，顯然還活著。我立刻撕下膠帶，但姊姊渾身癱軟，一動不動。「姊、姊！」我不停呼喚，她似乎完全失去意識了。接下來，我打電話叫救護車、報警、通知父母等等，手忙腳亂。

呻木叫子的原稿1

距離我的故鄉約一小時車程處，有個叫牛頭溫泉鄉的地方。附近的鹽原和那須是知名的溫泉區，但牛頭溫泉也是自古以來就受到當地居民喜愛的溫泉，乳白色略帶黏滑的泉質，十分有特色。雖然是溫泉區，卻只有略高的丘陵地上零星散布著小規模的日式旅館和民宿，沒有伴手禮店櫛比鱗次的所謂溫泉街。各家旅館安靜藏身各處，宛如祕密基地。

當中，K亭這家旅館的立地格外隱密。在每一家旅館都相隔遙遠的牛頭溫泉鄉，K亭所在的地點，更是比任何一家旅館都要遠。詢問之後才知道，K亭似乎是當地最新的旅館。那裡原本是民宅，住戶遷走後，土地求售了很久，最後是現任K亭老闆的父親買了下來。聽說，挖掘溫泉的也是上一代老闆，但現在已交棒給兒子夫婦。

當時還是大學生的D，暑假到K亭打工。那是上一代老闆和老闆娘負責經營的一九九〇年代末期的事。D就住在附近，由於母親和K亭老闆娘是好朋友，這份打工算是決定得頗爲臨時。

D的工作，主要是退房後的客房清潔，以及幫忙準備晚飯。平常早上九點左右到旅館上班，處理完上午的工作會先回家，到了傍晚再去上班。不過房客多的時候，也得幫忙準備早餐。遇到這種情況，一大清早就得上工，前一晚D會直接睡在K亭的休息室。

「沒有啦，雖然離我家騎機車只要十分鐘，可是早上我都爬不起來，睡過頭的風險很高。要是在那裡過夜，就算睡過頭，也會有人把我叫起來。」

休息室是位於中庭中央處的一幢小屋。從上空俯瞰K亭本館，幾乎呈現一個口字形。中庭是有池塘和燈籠的古典日式庭園，乍看之下，小屋就像是一間茶室。

「原本好像是客房，但那時候已變成打工和計時人員的休息室。不過，那裡有點古怪。」

小屋是平房，外觀是頗大的建築物，但入內一看，顯然比外觀狹小許多。踏進玄關後，有供脫鞋入內的台階，左邊是廁所和洗手台，對面是一間六張榻榻米大的和室，盡頭處則是牆壁。可是，若從外觀來看，牆壁再過去應該還有一個房間才對。

「就像硬是築起一道牆，把裡面的房間封起來一樣。」

然後，只要在那裡過夜，一定會發生匪夷所思的現象。

「半夜到了固定的時間，手機就會響起未顯示號碼的來電。」

鈴聲不會響很久，但也不是只響一聲就掛斷。那通電話固定都在凌晨兩點十七分打來。

「起初我沒放在心上，因爲在那裡過夜的機會很少。可是，每次電話打來的時間都一樣，而且沒在那裡過夜，就不會打來，我心裡覺得毛毛的。」

D表示，電話打來的時候，休息室另一邊——被牆壁封起來的另一側，似乎有些動靜。

某天夜晚，發生了更可怕的事。一如往常，手機響起一通未顯示號碼的來電，D反射性地接起。「喂？」接聽之後，D才想到「糟糕，是那通未顯示號碼的來電」，但爲時已晚。手機彼端傳來若有似無的呼吸聲，接著唐突地冒出高亢的一聲「卡車！」，便掛斷了。聽到的當下，彷彿有什麼恐怖的東西在背上亂竄，那種不舒服的感覺實在難以言喻。

三天後，D終於明白那聲「卡車」是什麼意思。打工回家的路上，D的機車和偏離車道的卡車相撞。D受了重傷，左腳骨折，必須住院療養。

「可能是聽到那通電話裡的聲音，才會遇上車禍。」

D至今依然相信，自己是被打電話來的人詛咒了。

過了十幾年，大學時代同樣在K亭打工的M，遇到以下的事。

暑假前夕，M失戀了。閨蜜向M介紹自己的男友，那個人卻是M心儀的對象。爲了排遣失意，M決定整個暑假都拿來打工。剛好親戚經營的K亭在找會說英語的打工人員，於是她透過母親，談妥了打工事宜。聽說，M的母親和K亭的少東太太是堂姊妹（附帶一提，這位少東太太就是現任老闆娘）。

「我在大學主修英國文學，也留學過，對英語會話有自信。而且我是東京人，暑假去鄉下親戚家住，感覺十分新鮮，滿不錯的。」

於是，M住進K亭。她住的地方，是旅館老闆一家人生活的居住空間一室。

逐漸熟悉工作後，她忽然在意起中庭的小屋。

「明明是很棒的建築物，爲什麼不拿來當客房？眞是令人疑惑。」

少東太太說，她嫁進來的時候，那幢小屋已成爲員工休息室。不過，聽少東太太的口氣，M覺得她有所隱瞞。

「我第一個念頭是，可能發生過不好的事。」

但M趁休息時間上網搜尋，沒查到類似的事件或意外事故。

「我實在好奇，半夜便偷偷進去查看。」

K亭並未禁止員工進入小屋。不過，因爲已提供其他房間給M住，M沒必要去小屋休息或睡覺。少東太太說，小屋的鑰匙很久以前就弄丟了，玄關的拉門只能從裡面上鎖。所以，平常柱子會貼上「非工作人員禁止進入」的告示。換句話說，這是旅館人員可自由進出的空間。然而，如果有什麼祕密，大白天明目張膽去探看似乎不太妥當，於是她等到深夜時分，所有人幾乎都入睡以後，才去一探究竟。

「偷偷出去中庭時，我瞄了一下手機，是兩點十分。」

踩著庭院的飛石步道，進入小屋後，M隨即開燈。這麼晚了，就算開燈，應該也不會有人發現。從玄關進門後，左邊是廁所和洗手台，繼續打開拉門，是一間六張榻榻米大的和室。望向左邊窗戶，只見隔著紙門，中庭的戶外燈光幽幽地透進室內。

「一走進和室，我就覺得不對勁，但當下也說不出是哪裡不對勁……」

房間空空蕩蕩，但有小冰箱和電視，壁櫥裡收著折起來的矮桌、坐墊，以及寢具。打掃得十分乾淨，跟其他客房沒什麼不同。興建當初，應該是要當客房使用吧？那麼，果然發生過什麼事嗎？M尋思著，終於發現究竟是哪裡不對勁。

「太小了。」

相較於外觀，內部空間怎麼看都太小了。M這麼想著，細看正面牆壁，像是後來才建的。這面牆壁的另一邊，似乎還有一個房間。

「注意到這一點，我不由得害怕起來。」

這時，M的手機響起。她嚇得叫了一聲。拿起手機一看，未顯示來電號碼。猶豫片刻，M彷彿被操縱似地接聽了電話。

「喂……？」

「大家會死。」

孩童般的聲音這麼說完，逕自掛斷電話。

大家、會死？聽到這不祥的話語，M渾身戰慄，逃之夭夭。

到了隔天，「大家會死」那道聲音的殘渣，仍在耳底迴繞不去，害得M在工作上犯錯了。

「『大家』指的是K亭的人嗎？會死，指的是會發生什麼事嗎？我滿腦子都在思考這些問題。」

入夜以後，M再次前往小屋。此時，比起心中的害怕，她更好奇接下來究竟會發生什麼事。凌晨一點多，她直盯著手機，等待電話打來，但經過一個小時，凌晨兩點了，卻沒有任何動靜。凌晨兩點十七分，她打算放棄之際，未顯示號碼的來電終於響起。

M反射性地接起電話，對方卻不發一語。不過，儘管幽微，仍感覺得到呼吸聲，於是M主動問：

「昨天說大家會死，是什麼意思？」

然而，對方沒有回應。

「喂！是什麼意思啦？」

執拗地追問時，牆壁另一側似乎有些動靜。M內心發毛，還是繼續追問，結果手機彼端傳來低微的一聲「停車」。「停車？」不等M反問，電話已掛斷。

「我以爲是在預言停車場會發生事故，團客的遊覽車可能會出事。」

然而，這是杞人憂天。兩天後，M得知「停車」是什麼意思。

那天，M接到朋友的電話，通知她閨蜜身亡的噩耗。

「咦，怎麼會？」

「她最近不是父了男友嗎？可是，對方似乎沒和前女友分乾淨，前女友變得像跟蹤狂一樣，糾纏不休……」

朋友說，閨蜜的男友（也就是M心儀對象）的前女友，在大學校園攻擊M的閨蜜。前女友是個護士，持針筒（註一）刺了M閨蜜的脖子。針筒裡裝有毒液，M的閨蜜束手無策，在眾目睽睽之卜被毒死了。

M的閨蜜，名叫「美奈」（註二）。

☘

事發之後，過了一個月，姊姊仍未恢復意識。

主治醫師說，沒有明顯的外傷，大腦也檢查不出異常。警方的搜查行動也觸礁了。姊姊怎會遇到這種事？警方似乎毫無頭緒。不過，事發現場的姊姊房間裡，發現了幾個無法解釋的疑點。首先，房間的門窗都鎖著。姊姊平常使用的住處鑰匙，就放在客廳的櫃子上。其他的備份鑰匙，只有當天母親交給我的那一副。當然，管理員室有萬能鑰

註一：日文中，「停車」（駐車，chusha）和「打針」（注射，chusha）同音。
註二：日文中，「美奈」（mina）和「大家」（mina）同音。

匙，但沒有被人拿出來使用的跡象。當然，姊姊也可能把備份鑰匙給了我們不知道的人，不過，至少家人想不到有誰會和姊姊這麼親近。實際上，姊姊的住處並未發現有這樣的人進出的痕跡（應該是指指紋和體毛之類）。

第二個疑點是，公寓的監視器完全沒有拍到可疑人物。姊姊住的公寓，大門和各層電梯廳（這裡也是樓梯口）都設有監視器。事發前晚，監視器拍到姊姊的身影，這段時間前後，也拍到同一層的住戶和派報員、宅配送貨員等等，除此之外，沒有任何可疑人物。基於這兩點，一開始我被列爲頭號嫌犯。由於證明了事發前一天我在栃木，是當天才搭車來東京，暫時洗刷了嫌疑。

可是，詭異的不光是這兩點。室內毫無打鬥的痕跡，姊姊身上也找不到抵抗的傷痕。更奇妙的是，剝奪姊姊自由的膠帶上，驗出許多姊姊自己的指紋。單就狀況來看，姊姊是憑著自身的意志，拿膠帶捆綁自己的手腳。聽說經過實驗，的確有辦法像姊姊那樣用膠帶捆綁住自己。而要縫住自己的眼皮，也不是做不到的事吧。至少應該比避開監視器、進出上鎖的房間簡單許多。只是，爲何要這麼做？實在讓人想不透。

就在我暗自思忖時，祖母悄聲這麼說：

「杏子會不會是被什麼髒東西附身？」

「什麼髒東西？」

「爲了寫怪談，那孩子不是去過很多不乾淨的地方嗎？會不會是在取材的地點，被髒東西纏上？」

父母當場否定「哪可能有這種事」，但我認爲這個假設相當具有可信度。姊姊被什麼東西纏上了，恐怕與靈異有關吧。如果是這東西對姊姊作祟，那麼，現場無法解釋的狀況，便能解釋得通。換句話說，姊姊被某種東西附身，親手縫住自己的眼皮，名符其實地拿膠帶作繭自縛。所以，房間的門窗才會全部鎖住，監視器也沒拍到疑似歹徒的人影。果眞如此，只要查出姊姊究竟是被什麼東西附身，或許就能找到讓姊姊恢復意識的方法。

於是，爲了揭開讓姊姊變成這樣的怨靈眞面目，我展開調查。

呻木叫子的原稿2

在K亭，不僅是來打工的學生，也有房客碰上不可思議的事。

距今約十年前，N、S、Y三人去栃木旅行，下榻K亭。三人當中，Y完全沒事，但N和S各有不同的遭遇。當時，三人即將大學畢業。

「這是我們三個女生隨興的畢業旅行，沒有目的地。」

三人乘著N開的車子，第一天到日光地區，第二天在那須地區觀光。第二天晚上，她們入住K亭。

晚餐時間，N提早進入餐廳。因爲S和Y在遊戲區，沉迷於和太鼓的節奏遊戲，N只好傻眼地對兩人說「晚餐時間快到了，我先過去喔」，前往餐廳。

餐廳的各張矮桌上，已擺上前菜的碟子，也有零星幾個房客。其中，坐在N對面、右邊深處的老婦人，正低頭看著矮桌底下。

「那張桌子沒有擺上菜肴，應該是空位。老婦人探進桌底下，笑著說話。」

起初，N以爲桌底下有貓。仔細一看，老婦人是朝著空無一物的地方說話。N反射性地想「大概是精神有問題」，遠離老婦人，在自己的桌位坐下，偷瞄了老婦人那邊一眼。

老婦人滿臉笑容，而且是十分柔和自然的笑容。從語氣聽來，是在對孩童說話。N猜想，老婦人的年紀可能比外表蒼老，搞不好已失智。老婦人維持那種狀態兩、三分鐘，N雖然覺得奇怪，卻並未感到不舒服。

接著，一名男子走進餐廳，看到老婦人，快步上前提醒：「媽，我們的座位不是那裡。」結果，老婦人不耐煩地蹙眉回應：

「我知道，我在跟這孩子說話。」

老婦人朝著無人的矮桌底下微笑，說：「對吧？」男子的神情一僵，問道：

「哪裡有孩童……？媽，妳在說什麼？」

聽到男子的話，老婦人才察覺不對勁。她再次望向剛才開口搭話的地方。

「老婦人當時的表情，我到現在都記得一清二楚。」

注視著空無一物之處的老婦人，瞪大雙眼，直到方才的慈祥氛圍煙消霧散。接著，她彷彿感到一陣惡寒，渾身一顫，茫然若失地垮下肩膀。

「然後，兒子把老婦人拉回他們一家的座位。我的兩個朋友也來了，我便沒再繼續關心下去。不過，她到底是在和誰說話呢？」

S的遭遇，或許能夠解答N的疑問。

S擁有容易遇到鬼壓床的體質。

「我從小就遇過好幾次，大概五次當中，有一次會看到怪東西。」

在K亭過夜的那一晚，S也遇到鬼壓床。三人住在一樓的「新月之間」。那是約十張榻榻米大的寬闊和室，用完晚飯，房間裡已並排鋪好三床被褥。S經常半夜去廁所，於是睡在靠近門口的那一床。

S表示，深夜醒來的時候，她遇到鬼壓床。

「總覺得呼吸困難，我就醒了過來。」

明明有意識，身體卻動彈不得。「啊，又來了。」當時，S這麼暗想。因爲習慣了，並不感到害怕，S毫不猶豫地張開雙眼。不料——

「我看到一張男孩的臉。他壓在我的胸口上，看著我。」

年紀在三歲到五歲之間，小男孩的下巴擱在S的胸口，抬眼看著她。S動彈不得，看不出小男孩穿著怎樣的衣服，只看到那張蒼白的臉在黑暗中浮現。一開始她有點嚇到，但她以前看過更可怕的東西，並不特別覺得恐怖。以時間來說，約莫是五分鐘——不，或許更短。雙方就這麼互望，小男孩的臉突然往旁邊一滾。S驚覺的瞬間，小男孩已消失，身體也能活動了。

事後進行調查，無法確認是否曾有孩童在K亭死去。

「我現在覺得，那應該是類似座敷童子吧。N看到的老婦人，或許也是在跟那孩子說話。」

S會認爲小男孩是座敷童子，是有理由的。

「後來我的直覺變得很敏銳，能夠預知危險，或是好事發生的前兆。」

S運用這份直覺，雖然金額不多，但現在也開始進行投資了。

十二月初，我第一次造訪K亭。

前一天我在老家過夜，然後借了母親平常開的輕型車，前往牛頭溫泉鄉。由於算是以前開慣了的路線，旅途相當輕鬆。

栃木縣北部的觀光地區，基本上從十二月到二月底都是淡季。無論是日光或那須，都因爲大雪和酷寒，觀光客數量銳減。冬季雖然有滑雪客，但對比春季到秋季的觀光客數量，還是相差懸殊。有些觀光設施甚至會縮短營業時間，因此冬季很容易訂到旅館。我預計在K亭待兩晚，然後在牛頭溫泉鄉的第一老字號旅館住兩晚。爲何要投宿K亭以外的旅館，之後會說明，總之這是我的採訪工作中不可或缺的一環（絕對不是想去品鑑牛頭溫泉的泉質，特此聲明）。

K亭的外觀就像一座傳統釀酒廠。依旅館的名稱，想像中會是黑色建築物，實際上只有瓦屋是黑的，牆壁白得耀眼。K亭坐落在森林裡空出來的一片土地上，散發著超現實的氛圍。停車場鋪有柏油，但白線處處斑駁。由於是下午三點，沒什麼車。停在建築物附近的箱形車，應該是旅館的車。除了那輛車以外，還有車身印著「K亭」的小型巴士。

訂房的時候，我並未提及是來採訪怪談。如果對方排斥怪談之類的事，恐怕會拒絕我入住。距離可登記入住的時間還有點早，但入內一看，大廳有個穿和服的女子。對方生了一張圓臉，膚色白膩，是個氣質夢幻的美女，我不禁聯想到雪兔。看上去約莫二十五歲，後來才得知其實她已年近不惑。她就是M的親戚，現任K亭老闆娘。

女子以銀鈴般的嗓音招呼我，優雅俐落地請我前往櫃檯。大廳的中央擺著煤油暖爐，暖烘烘的。

「歡迎光臨。」

爲我準備的客房是「弦月之間」。這時，我開口詢問：

「以前我朋友來的時候，好像是住在『新月之間』。朋友說是很棒的客房，方便的話，我能不能換到那間？」

老闆娘聞言，蹙起淡眉，露出困惑的表情說：

「眞是抱歉，『新月之間』好幾年前就不開放了。」

聽到這句話，我頗爲詫異。就算是會發生怪奇現象的客房，也很少聽說會停止使用。我不著痕跡地探聽理由，老闆娘卻委婉地避開了話題。

K亭的內部裝潢有個與眾不同的特徵。除了一部分以外，走廊都鋪上石板。每間客房的門口，上方突出瓦片房簷，並設有玄關，宛如獨立的建築。若說就像是僧庵的集合體，不曉得能否傳達出那種氛圍？所以，明明身在走廊，卻彷彿在戶外行走。「弦月之間」是二樓東側的邊間。客房準備的不是室內拖鞋，而是日式人字拖。

我換上浴衣，前往大浴場，順帶確認餐廳的位置。透過走廊窗戶可看見中庭的小屋。從這個方向，似乎只看得到小屋背面的牆壁。

溫泉設施是開闊的室內浴場和鋪岩石的露天浴場，乳白色泉水和蒸氣，讓整個浴場看起來彷彿罩上了迷霧。我喜歡泡很久的湯，露天浴場的水沒那麼燙，比較好泡。午後時分，浴場只有我一個人，形同包場。偶爾有這樣的採訪機會，實在挺不錯的。

☘

出事不久前，姊姊去了牛頭溫泉鄉，下榻一家叫「影踏亭」的旅館。前一天她回老家借了車，所以我記得這件事。那天，姊姊確實說要去採訪旅館的小屋發生的怪談。追溯姊姊在影踏亭的足跡，或許能夠掌握到一些線索。擇期不如撞日，我立刻聯絡影踏亭，計畫本週六投宿過夜。訂房時，我說明自己是呻木叫子的弟弟。

「我想請教姊姊住宿當時的狀況……」

聽到我的請求，約莫是老闆娘的女子答應會抽空跟我談談。她說從新聞上得知姊姊的事，非常難過。

當天，我開著自己的車前往影踏亭。前天下的雪，將四周的雜木林染成淡淡的一片白。車子裝有雪胎，應該不必擔心打滑，不過路面也處處凍結。影踏亭的停車場空蕩蕩，唯獨中央不自然地停著一輛銀色轎車，似乎並非完全沒有客人。如果生意太忙，旅館人員恐怕沒空理會我，雖然有點過意不去，但沒有客人比較好。

辦理入住的時候，老闆娘行禮對我說：「晚上十點左右我應該就忙完了，可以挪出時間。時間很晚，眞是不好意思，但能否在那個時候談令姊的事？」我告訴美人老闆娘沒問題。旅館爲我準備的客房，據說是姊姊當時住的「弦月之間」。

「請問，我姊姊似乎在調查庭院的小屋，方便讓我去看看嗎？」

老闆娘露出爲難的神情，再次行禮說：「非常抱歉。」她梳著很美的髮髻，與福壽花的琉璃珠髮簪相映成輝。

「那裡平常是員工休息室，昨天有位特別的旅客入住，不方便讓人進去。」

既然有客人，也沒辦法。等退房的時候再拜託一次好了。當時我如此打算。

把行李放到二樓的「弦月之間」後，我決定調查一下旅館內部。害姊姊出事的原因到底是什麼？最有可能的是小屋，除此之外，或許有其他線索。若是有怨靈之類的盤踞，影響到的恐怕不只有小屋而已。不過，我本身並不熟悉靈異、超常現象，也沒有所謂的靈異體質。這麼說來，姊姊也沒有靈感能力。

「由於從事這一行，多少經歷過一些奇妙的事，但我什麼都看不到，也感應不到。」

姊姊曾一臉不在乎地這麼說。

我打算先去小屋附近看看。走到中庭，望著在池中悠游的鯉魚時，忽然有人出聲：

「不好意思，請問您是呻木叫子老師的家人嗎？」

那是一名三十五歲左右的男子。他沒打領帶，但一身黑色西裝，和溫泉旅館格格不入。我保持沉默，想弄清對方的來頭，男子主動自我介紹叫「水野晶」，遞出名片。頭銜是「占卜師．靈異研究家」。

「呻木老師的事，我聽老闆娘說了。」

水野說，老闆娘原本常找他占卜，婚後雙方便疏遠了，這次因爲呻木叫子的事，又聯絡了他。

「我家是開神社的，不光是占卜，也接受靈異方面的諮詢。最近，我久違地接到梢女士——這裡的老闆娘的聯絡。」

婆家經營的旅館，有一幢來歷不明的小屋。雖然自己看不見，但中庭和館內好像有什麼東西出沒。然而，丈夫和公婆不肯透露詳情，我非常不安——老闆娘如此向水野傾訴。

「不過，聽她的說法，擔任旅館老闆的丈夫也不清楚詳情，只有上一代老闆夫婦知曉。梢女士一直耿耿於懷，但沒人肯告訴她眞相，實在是無可奈何。就這樣過了好幾年，沒想到來調查旅館怪談的呻木老師發生那種事，她突然心生不安，才會邀請我入住小屋，查明怪事背後的原因。梢女士委託我，一旦查出怪東西是什麼，就驅邪淨化。」

「啊，那老闆娘說住在小屋的客人……」

「應該就是我吧。」

「不好意思，突然提出這種請求……方便讓我看看小屋裡面嗎？」

「現在嗎？」

我行禮懇求「如果可以的話……」，水野柔和地微笑，爽快答應「好啊，沒問題」。

「那麼，我稍微整理一下，請等我兩、三分鐘。」

水野說完，轉身進去小屋。

片刻之後，在水野的同意下，我踏進小屋。裡面的裝潢和其他客房一樣，一進門的左邊就是廁所和洗手台，正面有通往房間的拉門。然而，一踏進裡面的和室，我就覺得不太對勁。放眼望去，左邊是窗戶，右邊是壁櫥，正面是牆壁。牆壁前面擺著電視機、電話、保險箱等旅館客房常見的設備。只是，那面牆壁充滿壓迫感，一看就不自然。

「很窄吧？」

水野苦笑著說。沒錯，小屋的外觀大小和室內空間不一致，室內顯然小多了。

「原本這面牆另一側還有一個房間。牆壁另一側的房間，原本似乎是臥室，聽說那裡有什麼東西，上一代老闆封起來了。不清楚是不是因爲這樣，小屋會發生一些離奇的事。」

「怎樣的事？」

「呻木老師沒告訴您嗎？」

「沒有。姊姊不會跟家人談工作上的事。」

「這樣啊。待在這幢小屋，到了深夜，手機會有未顯示號碼的來電。而且是凌晨兩點十七分，分秒不差。昨晚我睡在這裡，你看。」

水野取出手機，點開來電紀錄。確實，螢幕上顯示，上午兩點十七分有一通未顯示號碼的來電。

「今晚我打算接聽這通電話。如果梅木先生願意，要不要一起見證？」

「可以嗎？」

「當然。搞不好會有什麼令姊遭遇變故的線索。」

於是，我決定凌晨兩點再次前往小屋。

我去餐廳吃晚飯，發現只準備了我和水野兩人份的餐點。向老闆娘詢問，她解釋今天的房客只有我們。機會難得，我和水野乾脆同桌用餐。席間的對話，就像在自我介紹。水野說他平常在宇都宮經營爲人占卜和販賣天然石的店鋪。接下來也都是一些言不及義的閒聊。

晚上九點半過後，我在客房裡接到內線電話，是老闆娘打來的。她說比預定時間更早空閒下來，於是我前往旅館大廳，和老闆娘在沙發面對面坐下來。老闆娘表示，姊姊主要是採訪發生在中庭和小屋的異象。她也把從丈夫影山那裡聽來的怪談告訴了我。

「中庭有怪物？」

「是的，外子是這麼說的。」

總覺得「怪物」一詞有些格格不入，如果說是「幽靈」還比較能理解。我表達想直接和老闆影山談談，卻被明確地拒絕了。

「呻木老師也想訪談外子，但外子無論如何都不願意直接跟別人談這件事……」

「有什麼理由嗎？」

「應該是害怕吧。外子相信那個怪物會作祟，或是下詛咒之類。他可能是覺得一旦向別人透露，災禍也會降臨在自己的身上。」

一把年紀的成年人害怕成這樣，實在匪夷所思，不過有些事若非親身經歷，是不會明白的吧。「眞是抱歉……」老闆娘第三次行禮賠罪。讓人聯想到「美人薄命」一詞的老闆娘再三道歉，我不由得心生罪惡感。

「哪裡、哪裡，我才要謝謝老闆娘，告訴我這麼多寶貴的內情。」

我忙不迭道謝。然而，關於發生在姊姊身上的異事，我仍找不到任何線索。後來又交談了兩、三句，我便回到客房。

根據從姊姊那裡聽到的片段內容，以及今天在影踏亭從水野晶及老闆娘那裡聽聞的話語，我漸漸明白姊姊出事以前，大概是在調查怎樣的怪談。若待在這家旅館的小屋，每到凌晨兩點十七分，手機就會響起未顯示號碼的來電。原因不明，但以小屋為中心，中庭和餐廳也會發生離奇的現象。不過，除了老闆影山小時候曾遭怪物攻擊以外，沒有任何人遭受到具體的危害。要不然，就是老闆娘刻意隱瞞事實？不，即使老闆娘刻意隱瞞，水野接受老闆娘驅邪的委託，想必聽說了內幕。那麼，他應該會協助我才對。

總覺得一切如墜五里霧中，難以捉摸。來到影踏亭之後聽到的怪異現象，比想像中更普通。現任老闆似乎害怕著什麼，但我實在不懂有什麼好怕的。難不成，並非單純是兒時經歷造成的心理創傷？

我躺在被褥中左思右想，不知不覺睡著了。凌晨一點四十五分，手機鬧鈴響起，我連忙爬起來。簡單整理儀容後，前往水野所在的小屋。

呻木叫子的原稿3

距離晚餐還有一段時間，因此我先前往「新月之間」。「新月之間」和其他客房一樣，門上有屋簷，嵌著兩片拉門。我不抱希望地拉了拉，門竟輕易打開了。我無聲無息地溜進去，反手關上門。剛進門的地方，和我住的「弦月之間」一樣，左邊有廁所和洗手台。正面拉門開著，可看見寬敞的室內。雖然不開放，但似乎打掃得很整潔，夕陽餘暉透入對窗的紙門，灑落在榻榻米上，看得出一塵不染。我實在不好意思走進室內，打算轉身離開。

剎那間，我瞥見入口拉門的內側，啞然失聲。門上貼著符咒。左右兩片拉門上，各貼著好幾張除魔的符咒。

這裡果然出過什麼事。我暗暗想著，安靜地走出房門，發現幾乎就在正前方，有著通往中庭的出入口。從這裡可看見小屋的正面。從出入口到小屋，是一排略斜的飛石形成的步道。我踩著飛石步道，來到小屋正面。屋簷的造型、入口的拉門，看起來跟客房一模一樣。從這些細節，也可看出小屋當初規畫爲客房的意圖。入口旁邊的柱子上掛著寫有「非工作人員禁止進入」的牌子。

聽了D和M的說法，事前我就知道門沒有鎖，因此確定四下無人，便溜進小屋。陰暗的室內，格局幾乎跟客房一樣。不過，如同兩人所述，進深很不自然。裡面顯然有一個房間被封起來了。可是，爲什麼要這麼做？這與D和M接到的電話有關嗎？說起來，K亭發生的異象，背後有什麼因由嗎？深夜待在小屋，就會接到電話，聽見宛如預言的內容。還有，在餐廳和「新月之間」出沒的孩童……據說打電話來的，是尖細的孩童聲音，這跟出現在旅館內的小男孩有關嗎？

我在中庭閒晃，重新觀察，發現「新月之間」、小屋和餐廳的相關位置幾乎呈一直線。那麼，怪異的母體極有可能是小屋——而且是小屋後方被封印的空間。

來餐廳用晚餐的房客，除了我以外，只有一對上了年紀的夫妻。用餐期間，我左顧右盼，別說看到孩童了，沒有發現任何異狀。

住宿的第二天晚上，我決定向老闆娘坦承自己其實是作家，從以前在影踏亭打工的M那裡聽到怪談的事。接著，我詢問老闆娘自己有沒有什麼奇妙的體驗？於是，老闆娘壓低聲音，告訴我一件事。

「新月的夜晚，不能出去中庭。」

才剛嫁進來，老闆娘（當時是少東太太）就被公公如此告誡。她溫順地說「好」，但公婆完全沒有向她解釋爲什麼。老闆娘覺得奇怪，趁著和丈夫獨處的時候，迂迴地打聽了一下。

只見丈夫露出有些困擾的表情說「或許妳不會相信……」，又陷入沉默。在老闆娘的催促下，丈夫才總算開口。

「有怪物出沒。」

「咦？」

「有怪物啊。怪物會發出孩童般的聲音，在中庭嚷嚷。」

「是幽靈之類的東西嗎？」

老闆娘問，丈夫說「不曉得」。

「唔，可是，應該不是幽靈吧。我覺得是怪物。」

「你看過嗎？」

這麼一問，丈夫默默注視老闆娘片刻，點了點頭：

「小時候看過。爸媽囑咐新月期間絕對不可以去中庭，我忍不住想反抗……」

當時還是小學生的丈夫，趁著新月的夜半時分跑出中庭，遇上了那東西。

「那東西躲在松樹後面，說：『來玩。』我疑惑是誰，靠過去一看，結果……」

丈夫的左手被咬了。

「那東西惡狠狠地咬我，外面一層皮都被咬掉了。我按著血淋淋的手，放聲哭喊。」

聽起來毫無現實感。但老闆娘知道丈夫的左手有一道傷疤，也聽說過是小時候受的傷，因此莫名地具有說服力。只是，丈夫不肯詳細描述那是怎樣的怪物。

老闆娘本身並沒有遇到任何特別的事，但有時她會看到老人家在餐廳對著無人的地方說話。這些長者都是彎身看著矮桌底下，態度就像在對年幼的孩童說話。

我透過老闆娘表達想要訪談她的丈夫K的意願，很遺憾地被拒絕了。不過，這時我獲得同意，在隱去旅館名字，並模糊地點的前提下，可以把有關這裡的事寫出來發表。

隔天我從K亭退房，投宿據說是牛頭溫泉鄉當地歷史最悠久的旅館。我向櫃檯人員說明「我在調查這一帶的歷史」，請他們介紹熟悉這些事的耆老，結果旅館退休的前老闆T願意跟我談談。聽說T年近八十，但一頭豐厚的銀髮和黝黑的皮膚都很有光澤，看起來相當年輕。

根據我事前的調查，K亭不曾發生任何命案或事故。既然如此，可能是K亭興建以前，那個地點出過某些事。

「請問K亭所在的地方，以前住著什麼人？」

「那裡是神明的家。」

「神明？」

「沒錯。神明，或是稱爲『神戶之神』，怎麼說……嗯，是祈禱師、占卜師，從事那類行業的人家。有人被狐狸附身、哪家的孩子遇到神隱，或是生了莫名其妙的病，這種時候就會去那一家求助。」

T說，當地人稱爲「神明」的，是那一家的老婆婆，兒子夫妻在附近的旅館當員工。老婆婆過世後，兒子夫妻搬走，住處成爲廢墟。後來K亭的創始人——上一代老闆買下那塊土地，挖了溫泉，興建旅館。

「那位人們稱爲『神戶之神』的老婆婆，是神戶的人嗎？」

「唔……既然被這麼稱呼，應該是吧？而且她似乎不是從以前就住在這裡的當地人。不過，那時候我還小，不太清楚這部分的細節。啊，可是，我記得她的口音跟這一帶的人一樣，講的是東北話。搞不好她祭拜的，是從神戶的神社分靈過來的神體。」

T這麼說。

聽到「神戶之神」，我想到日本民俗學之祖柳田國男在《山的人生》中提到的「神戶的阿姨」。這是柳田在探討兒童神隱事件時，在他的親身經歷中提到的詞彙。柳田說他自己也是容易遇到神隱的體質，描述了這樣的經驗：

小時候，有一天柳田躺著看繪本，頻頻問母親：「神戶那邊有個阿姨嗎？」明明家裡沒有這個親戚，但母親正爲了其他事分神，便隨口敷衍。沒多久，柳田午睡睡著了，母親便丟下兒子去忙。一會後回來，兒子竟不見了。不過，三、四個小時後，柳田就被附近的農夫帶回家。據說，柳田在離家二十幾町(註)的地方走著，鄰居碰巧看到他，便問：「你要去哪裡？」結果柳田回答：「神戶的阿姨家。」這件事柳田自己並不記得，是後來聽母親和鄰居說的。

K亭興建以前住在那裡的神戶之神，「神戶」是否並非指現實中的地名神戶，而是意指作爲異界的神戶？

「神明一家住在那裡的時候，有沒有發生過什麼怪事？」

聽到我的問題，T苦笑：

「也不算怪事，那個神婆本身就很神祕、很古怪。我是小孩子，沒有機會直接去拜託她什麼事，但聽說神婆對著像神壇的地方念經還是念咒，就會傳出孩童般的聲音。然後，神婆會依照那聲音的指示，說出失物的地點，或是占卜未來的事。」

這是寶貴的證詞。以前有個被稱爲「神戶之神」的民間宗教人士住在那裡時，也出現孩童的聲音。換言之，可推測目前發生在K亭的小屋，透過未顯示號碼的來電預言的神祕異象，和過去住在那裡的宗教人士的儀式有關。那麼，那孩子的聲音是什麼？

若要假設，應該與神戶之神信仰的某些神靈有關。神靈以孩童的聲音、形姿顯現。K亭的上一代老闆繼承那塊土地的時候，應該重新祭祀那位神靈了。至於地點，就是那

註：町爲日本傳統距離單位，一町約一〇九．一公尺。二十幾町約爲二公里多。

幢小屋。若是如此，K亭發生的怪事，就不是什麼不好的東西引起。就像S稱其爲座敷童子，可能並不是需要忌諱的存在。

不，等等。現今的K亭老闆K，形容引發那些異象的東西是「怪物」。不是神也不是幽靈，而是怪物。甚至遭到手被咬的實質危害。再加上，S看到男孩的「新月之間」也在不知不覺間停止對外開放了，還貼著好幾張符咒。這表示對K亭的人來說，引發異象的顯然是令人忌諱的可怕之物。綜合以上情形，可推測那個地點過去祭祀著會作祟的孩童形姿的神明，或者如今仍在小屋封閉的空間裡祭祀，是嗎？

後來，我聽聞可證實此一推測的事。

我發現家母的朋友曾投宿K亭的小屋，這個人的遭遇相當耐人尋味。

那是一位年事已高的婦人B，她說是在丈夫生前一起投宿的。當時K亭落成不久，鋪的榻榻米還一片青翠，散發著清香。

「我們家從公公那一代就是酒行，牛頭溫泉鄉各處都有開旅館的客戶，主要是訂購宴會用的酒。K亭也向我們訂酒，我們想機會難得，就去住了一晚。」

雖然並未特地拜託，但K亭爲他們安排了小屋。K亭的心意讓B夫妻非常開心。小屋有兩間和室，兩個人住實在太大了。前面的和室有矮桌，裡面的則是設有壁龕的大和室。

「我們悠閒地泡完溫泉，用過晚飯，早早就上床睡了。」

B夫妻睡在裡面的和室，也就是如今封印起來的那個房間。

半夜，B被丈夫叫醒。

B睡眼惺忪地問：「怎麼了？」丈夫回答：

「有孩童的聲音。」

當時K亭有約小學生年紀的男孩和女孩，聽到孩童的聲音並不奇怪（男孩就是現在的K亭老闆）。但看看時間，凌晨兩點多，孩童實在不可能這麼晚了還在小屋附近亂晃。B也側耳聆聽，卻什麼聲音都沒聽見。

「是你聽錯了吧？」

B說，丈夫疑惑地側了側頭。

「會不會是把貓叫聲聽成孩童的聲音？」

「不是，我在睡覺，耳邊聽到有聲音說：『女孩。』」

半個月過後，B生下一個女嬰。B的丈夫非常興奮，說「是K亭的座敷童子之類的向我預言」。有幾個人聽到這件事，想要預訂K亭的小屋。但那個時候，小屋已不開放住宿。K亭和B家酒行的生意往來也不知爲何中斷了。然後，B耳聞K亭的小屋進行改建。

「許久之後，我才知道是在小屋裡加了一道牆。」

丈夫聽到的孩童聲音到底是什麼？還有，爲什麼K亭會有如此大的反應？B至今仍然百思不得其解。

☘

在小屋前看了一下時間，一點五十五分。我輕敲門，小聲呼喚。然而，屋內沒有回應。是沒聽到嗎？反正都約好了，我打算逕自開門入內，沒想到門打不開，似乎從裡面上鎖了。

「水野先生！」

我稍微提高音量叫喚，一樣沒反應。一股異樣的不安湧上心頭，我繞到小屋左側，窗戶透出燈光。嵌在窗戶內側的紙門關著，但剛好在成人眼睛的高度有個破洞，可看到室內的狀況。只見穿襯衫和黑褲的水野倒在靠近窗戶的榻榻米上。從這個角度望去，可清楚瞧見水野的臉。他的表情痛苦，雙眼流出非比尋常的大量鮮血。

「水野先生！」

一樣沒反應。我想要推開玻璃窗，卻牢牢鎖著，沒辦法打開。

我倉皇地衝到櫃檯，瘋了似地狂按櫃檯上的服務鈴。很快地，老闆影山出來了。我結結巴巴地說明小屋的狀況，影山說「總之，我過去看看」，前往小屋。見影山筆直朝小屋走去，我連忙告知門鎖起來了。影山說著「這下麻煩了」，往左邊的窗戶走去。

「水野先生！水野先生！」

影山大聲叫喚，水野依然沒有回應。

「沒辦法，打破窗戶吧。」

影山說，我問：「沒有門的備份鑰匙嗎？」

「別說備份鑰匙了，小屋的鑰匙已遺失幾十年，只能從屋內上鎖。平常是當員工休息室，不需要上鎖。」

影山說著，從中庭撿起一塊大小合適的石頭，砸破玻璃靠近窗鎖的位置。然後，小心避免割傷，伸手進去，開鎖打開窗戶。接著要打開紙門，影山卻小聲驚呼：

「咦？」

「怎麼了？」

「你推推看。」

我依言試著滑開紙門，卻遭遇抵抗，無法打開。

「很奇怪，對吧？」

影山說，我點點頭。於是我們兩人合力，隨著「劈啦」一聲，紙門打開來了。看到室內，我不禁張口結舌。正面壁櫥的拉門上，貼了好幾張疑似寫著咒文的符咒。不，不光是正面，各處都貼滿符咒，彷彿要把什麼東西封在裡面……影山留下愣住的我，呼叫水野，穿著Crocs牌洞洞拖鞋直接踩進屋內。接著，他轉頭告訴我：「好像死了。」兩邊眼窩汩汩流血的水野屍體，和雙眼被縫住的姊姊的臉重疊在一起。

「我可以進去嗎？」

「咦？啊，好。我去打開入口的門鎖。」

我離開窗旁，繞向門口，但影山在門內說：「不行呢。」

「怎麼了？」

「這邊的門也貼上符咒，像封條一樣。這種情況不要破壞比較好吧？是叫保存現場嗎？」

「啊，也對。」

和影山討論之後，我也從窗戶進去小屋。玻璃碎了一地，我穿著日式人字拖，小心地擠進去。

室內化爲一個鬼氣逼人的異質空間。牆壁和拉門上貼滿數不清的符咒。剛才嵌在窗戶內側的紙門打不開，也是因爲紙門和窗框間貼了好幾張符咒，被封起來的緣故。和室和玄關間的拉門也貼了符咒，但幸好這道門和柱子之間沒有貼符，可正常開關。慎重起見，我也查看了玄關門，但可上下滑動的門鎖確實鎖上了，門的兩側也是，左右各貼了四枚符咒，就像封條。

「這不是自殺吧？」

為了確認，我向影山問道。

「看起來不像自殺。為什麼這麼問？」

「因為這幢小屋只能從室內上鎖吧？而且入口和窗戶都從裡面貼了符咒，不是無法進出嗎？」

「啊，確實如此。咦！那、那把水野先生弄成這樣的人，還在……？」

可能還在裡面。

因此，我和影山一起檢查是否有人躲藏在室內。但不管是廁所還是壁櫥，都找不到可疑的人。緊接著，我的手機響起。我嚇了一跳，掏出手機一看，未顯示來電號碼。時間是兩點十七分。影山見狀，露出一種難以形容的表情，讓我印象深刻。

影山去打室內電話報警的期間，我留在小屋監視，然而，沒有任何異狀。影山回來後，說：「謝謝您的協助。警方趕來之前，請梅木先生在自己的房間休息吧。」我依言回到「弦月之間」，在鋪著沒收的被褥躺下來。

後來警方抵達，進行現場勘驗，姓沼尾和樋口的兩名刑警向我問話。解釋投宿影踏亭的原委時，我刻意隱瞞姊姊的事和影踏亭的怪談或許有關，只說姊姊出事前住過這裡，所以我很好奇。在警方的詢問下，我說明發現屍體前的行動。和水野一起用晚飯，九點半到十點多聽老闆娘講述姊姊來採訪的事，回到房間不小心睡到凌晨一點四十五分，然後，因為跟水野約了兩點碰面，於是我前往小屋，卻發現水野的屍體。不過，我認為警方絕對不會相信怪力亂神之事，便沒提及兩點十七分的未顯示號碼的來電。問案期間，沼尾特別再三追問的，是發現屍體時小屋的狀況。

小屋的玄關門和窗戶從室內上了鎖，我和影山都確認了這一點，而且窗戶和玄關門都從內側貼上符咒，宛如封條，這些事實沼尾都要我逐一反覆說明。

「發現屍體時，小屋裡面沒有人，對嗎？」

「是的，千真萬確。我和旅館老闆都覺得水野先生看起來不像自殺，所以一起檢查屋裡，可是廁所和壁櫥內都沒有躲人。」

「這樣啊，唔……」

兩名刑警露出明顯困惑的表情，發出沉吟，但並未對此提出任何想法。他們的目的似乎是要先確認相關事證。

我親眼目睹水野的屍體那異常的狀態，不難理解警方的困惑。但不只我一個人，影山也一起檢查過室內，眞的沒有人，因此我開始懷疑這會不會是一場奇特的自殺？如果這是殺人命案，就是所謂的密室殺人，而且是所有出入口都被封起來的完全密室殺人。比起密室殺人，我更傾向於認爲水野是因發生在小屋的異象而死亡。水野查出小屋的異象之謎的眞相，於是遭到引發異象的靈異事物操縱，殺死了自己。然後，姊姊也因爲相同的理由，遇到了那種事，是不是這樣？

後來警方交代我留在「弦月之間」，我不知不覺睡著了。

早上六點多，我醒了過來，緊接著沼尾和樋口兩名刑警就到客房來了。

「水野先生的死因，經查是頸部受到壓迫造成的窒息死亡。死亡推定時刻是昨晚十一點半到一點半之間。在被勒脖子之前，水野先生似乎先遭到鈍器重擊頭部，後腦有出血的傷痕。換言之，水野先生是被凶手重擊頭部昏迷之後，再用繩狀物勒斃。室內也查到打鬥的痕跡，因此行凶現場就是小屋沒錯。」

水野是被殺害的？而且是遭到毆打之後，再被勒死？我還以爲一定是遭到作祟或詛咒而死，超乎想像的血腥犯罪情節，讓我驚愕不已。那麼，這眞的是一起密室殺人案嗎？

「而且，水野先生的雙眼被挖走了。」

沼尾直盯著我，像是在細心觀察我的表情變化。

「咦？」我忍不住發出呆傻的一聲。這個事實過於震撼，大腦無法消化。

「案發現場找不到水野先生的雙眼，也沒有在廁所或洗手台處理掉的痕跡。」

「請等一下。呃……也就是說，凶手殺害水野先生，挖走他的雙眼，然後逃離小屋？可是小屋上了鎖，內側還貼滿了符咒耶？」

聽我這麼問，較年輕的樋口語氣有點衝地回答：「這我們知道。」貌似前輩的沼尾安撫他，接著看向我說：「所以，希望梅木先生再次詳述發現遺體時的狀況。」

我被要求第四次或第五次重複相同的說明。聽完之後，兩名刑警低聲討論。我理解刑警們的心情。倘若我和影山的證詞是眞的，就會出現一個謎團：殺人凶手究竟是如何從那幢小屋帶著水野的眼珠消失的？與其認定眞的有這種幽靈般的凶手，懷疑我和影山的證詞有誤，更要合情合理多了。樋口朝客房門外一叫喚，幾名身穿防護衣、貌似鑑識人員的人隨即進來。

「很抱歉，但爲了愼重起見，請讓我們調查這個房間和梅木先生的行李。」

沼尾流露的眼神，我有印象。是剛發現姊姊時，負責調查的刑警的那種眼神。看來，我又被警方懷疑了。鑑識人員翻遍整個客房，約莫是在找水野的眼珠。

直到下午一點多，刑警們才總算放我離開。

「我們應該還會再去請教一些問題。」

在沼尾和樋口充滿猜疑的目光中，我踏上歸途。

回家以後，我的腦袋依舊猶如暴風雨過境，一團混亂。水野晶命案，和姊姊的傷害事件有關嗎？乍看之下，兩人的雙眼都遭到危害，但總覺得眼皮被縫起來，和眼珠被挖出來，意義微妙地不同。不過，不管是姊姊的事，或是水野的命案，匪夷所思的程度都讓人不禁懷疑有超自然力量介入。說起來，影踏亭發生的水野的密室殺人案，活生生的人類有可能辦到嗎？小屋不管是玄關門還是窗戶，都從室內上了鎖，還用符咒封起來。玄關門的鑰匙多年前就遺失，無法從室外上鎖。窗戶也是，窗框密合，沒有縫隙，不可能從室外操作窗鎖。不，退讓百步，就算有方法從外面鎖上出入口，也不可能從戶外在那些位置貼上符咒吧。

再說，假設凶手是活人，何必如此大費周章布置成密室？難道把小屋弄成密室，就能免除嫌疑嗎？不，實際上，不管是我還是影山夫妻，都並未因命案現場是密室，而被排除在嫌犯名單之外。假設水野的屍體呈現上吊之類的自殺狀態，就看得出布置成密室的必然性，但水野顯然是遭到他殺。連眼珠都被挖走了，看不出凶手將屍體偽裝成自殺的意圖。沒錯，水野的屍體，是**再明確不過的他殺屍體**。然而，命案現場的小屋卻形同密室，十分矛盾。那麼，果然是那個地方的靈異鬼怪殺害水野，挖走了他的雙眼嗎？但重毆後腦的攻擊，以及用繩狀物勒斃，這些犯罪手法莫名充滿人味，令人難以信服。若元凶是人類，手法的不可能與不可解就會阻礙理解。相對地，若元凶是超自然的鬼怪，手法又過於世俗。

想到這裡，我的腦袋浮現了某種可能性。那幢小屋現在只有一個房間，實際上後面還有一個房間，雖然被牆壁堵住了，但或許有祕密通道可進出。那樣一來，行凶之後，凶手就能躲藏在那裡，待我和影山發現屍體後，再趁機逃離小屋，不是嗎？

不，不行。那個時候，只能從窗戶進出小屋。一開始是由我監視，接下來交棒給影山監視，直到警方趕來。如果凶手離開小屋，我們絕對會發現。

「如果影山是共犯呢？」

確實，如果影山是共犯，凶手就能逃走。但無法解釋凶手爲何不惜做到這種地步，也要把小屋弄成密室。

另一種可能性是，凶手一直躲著，直到警方離開。我不清楚現場勘驗要花上多久的時間，但今天應該就能大致完成了吧。凶手就在後面的房間裡，靜待警方撤離。我覺得這個推理不太現實，只是若不這麼想，實在無法解釋這起命案的古怪狀況。

呻木叫子的原稿4

約莫過了兩週，十二月中旬，我再度造訪K亭。經過多次交涉，老闆K終於答應讓我在半夜調查小屋。

凌晨兩點，我前往小屋，關掉電燈，等待兩點十七分的到來。結果時間一到，我的手機眞的響了。螢幕上未顯示來電號碼。「喂？」我剛接起，手機另一頭搶話似地傳出一句「MANAGUFUTAGI」，便唐突地掛斷。如同告訴我怪談的人們所說，那聲音聽起來確實像孩童，但「MANAGUFUTAGI」這句話令人一頭霧水。「MANAGU」，在東北地方是「MANAKO」的意思，也就是眼睛。「FUTAGI」是封住的意思嗎？

從青森到九州，在相當廣泛的地區，都有稱爲「堵耳」或「封耳」的習俗。這是一種咒法，與死者同齡的人，必須用年糕等物堵住耳朵，避免聽到噩耗，才不會被一起帶走。可是，我沒有聽過「封眼」這種事。如果那聲音是一種預言，往後我將會遇到必須封住眼睛才行的狀況嗎？

警視廳歸還了姊姊的筆電和ＵＳＢ隨身碟，我立刻檢查有無和影踏亭相關的採訪筆記或原稿。最後在一個命名爲「Ｋ亭怪談」的資料夾發現，姊姊調查到的內容已寫成稿子。我總算得知影踏亭異象的全貌。稿子裡寫有在小屋接到的未顯示號碼來電的預言、出現在餐廳和「新月之間」的孩童，以及我也從老闆娘那裡聽說的老闆影山的童年遭遇。姊姊還調查到小屋後方的房間被封起來以前的事，以及影踏亭興建前住在該地的民間宗教人士的事。其中，姊姊聽到的「MANAGUFUTAGI」的預言最令我震驚。因爲「MANAGUFUTAGI」，就是姊姊被發現時，眼皮縫起來的狀態。

然而，另一方面，卻也留下了教人難以釋懷的部分。影踏亭的預言確實在姊姊身上成眞了，但我覺得這純粹是預言的應驗，並不是影踏亭的孩童幽靈之類的靈異事物直接造成。反過來說，影踏亭深夜電話的預言，可視爲是在警告接下來將會發生的不幸。如此一來，姊姊雙眼被縫起來的事，和影踏亭的異象就無關了。那麼，爲何水野的雙眼會被挖走？如果影踏亭的異象和眼球沒有關聯，水野晶屍體的狀況，就需要另一番解釋了。更進一步來說，這表示挖走水野雙眼的，並非引發異象的孩童幽靈。

看來，水野命案只能當成人類刻意引發的密室殺人案來思考。而且那天晚上，影踏亭裡除了我以外，只有影山夫妻。換言之，不是影山就是老闆娘，或是兩人聯手殺害水野。雖然動機不明，但水野和老闆娘原本就認識，殺機或許隱藏在兩人的關係裡。

那麼，密室之謎呢？那起命案的第一發現者是我。我比警方更早看到凶案現場。有沒有辦法在其中找到解開密室之謎的線索？假設影山是凶手，或是共犯，第一次踏進現場的時候，他是否動了某些手腳？可是不管怎麼回想，影山都沒有特別可疑的行動。我本身在窗外觀察他的一舉一動，只要他有任何可疑的行動，立刻就會發現。不，比起這個問題，雖然不止一次感到疑惑，但把明顯是他殺的現場布置成密室，目的是什麼？總覺得疑問一個接著一個，沒完沒了。

有必要再去一次影踏亭。這次不是爲了調查姊姊的事，而是調查水野的命案。

☘

我恢復意識的時候，已是弟弟的葬禮結束後的二月中旬。

弟弟的屍體流過老家附近的鬼怒川下游，被人發現。是意外、自殺，或是被人推落河中？不知道。漂流期間，屍體不斷撞上岩石，據說狀態相當淒慘。由於面目全非，難以辨識，是透過身上的物品和指紋，才查出弟弟的身分。爲了愼重起見，警方正在進行DNA鑑定。

我恢復意識的時候，完全不清楚自己置身何處、是何狀況。意識矇朧之際，我仍惦記著「啊，截稿日快到了，我得快點寫好影踏亭的稿子」。我的記憶在租屋處對著電腦寫作的時候戛然中止。醫師和警方問了我各種問題，但從住處書桌到醫院病床之間的經過是完全空白，我自己最感到迷茫無措。我接受了幾項檢查，得知自己遇到什麼事，也看了新聞報導。警方一再向我問案，也有媒體記者溜進病房要求採訪。但我本身抽離了這些事情，理所當然，無法提供有用的證詞。

過了一星期，我獲准出院。乘坐父親駕駛的車子返回老家的路上，母親告訴我弟弟的死訊。我反射性地問：「怎麼會？」父母說他們也不清楚是怎麼回事。不過，弟弟爲了調查我出了什麼事，似乎直到死前仍在追溯我的足跡，前往影踏亭。然後，他被捲入一起奇妙的殺人命案。

回到老家，給弟弟上香後，母親鎭定地拿來一冊筆記本，是弟弟死前寫下的手記。上面詳細記錄著發現失去意識的我當時的狀況，一直到他拜訪影踏亭的行動。讀完之後，我一時無法相信手記的內容。因爲弟弟遇到的密室殺人案太脫離現實，而且依我對影山夫妻的認識，也無法將他們和犯罪連結在一起。但反覆重讀筆記，我漸漸看出水野遇害的密室殺人案真相。

就在這時，栃木縣警的沼尾警部（註）和樋口刑警登門造訪。主要由沼尾形式性地提問，目的似乎是要調查我的遭遇，和影踏亭的命案是否有關。趁著刑警提問的空檔，我也主動詢問：「密室之謎解開了嗎？」

「妳說小屋嗎？後來我們把封住隔壁房間的牆壁拆掉一部分，調查裡面，但沒有發現特別的異狀。」

「咦！你們進去牆壁裡面了嗎？」

這一瞬間，比起命案，我更好奇此事。我有些激動地探問牆壁另一頭有什麼，兩名刑警反應卻十分冷淡：

「什麼都沒有。那是一間六張榻榻米大的和室，沒有任何家具。榻榻米上積著灰塵，可確定長期都沒有人進出活動。」

我暗自失望時，樋口問：「那個房間裡有什麼嗎？」

「沒有，只是我在寫跟它有關的稿子……」

沼尾聞言苦笑：「是有這件事呢。」我覺得被嘲笑了，毫不掩飾心中的不悅，再次問：「那麼，密室之謎解開了嗎？」

「還沒，警方正在調查。」

註：日本警察的階級制度，由下而上依序爲巡查、巡查部長、警部補、警部、警視、警視正、警視長、警視監、警視總監。

「我看出犯案手法了。」

話聲剛落，兩名刑警都發出噓聲般的聲音。若以狀聲詞形容，近似「嘿」或「哈」。

「我知道兇手怎麼把小屋弄成密室了。」

「請務必指點一二。」

沼尾嘴上這麼說，眼中卻帶著笑意。反正他一定是覺得，外行人自以爲是。相對地，樋口眨著眼睛，上身前傾問：「眞的嗎？」

「是的。不光是布置密室的方法，兇手帶走水野先生眼珠的理由我也知道了。」

「願聞其詳。」

「我能解開命案的眞相，是因我爲了採訪，仔細勘察過影踏亭各處。」

「我們也去那個地方看過好幾次了。」

「各位無法發現眞相，就是因爲你們去過好幾次，已熟悉那邊的建築物的特殊性。」

「特殊性？」沼尾問。

「影踏亭這家旅館，每一間客房的出入口就像是獨立的草庵。客房前面有屋簷，好似屋子的玄關，相當氣派。然後主屋的客房門口，和小屋的玄關，造型完全一樣。」

「這我們也知道。」

「我想也是。所以，小屋玄關和客房的門口，門板是可以交換的。」

「這……確實是可以……」

沼尾似乎在思考這件事意味著什麼。

「案發當天——不，那天以前，小屋的玄關門和『新月之間』的門應該交換了。小屋的鑰匙很久以前就遺失，但水野先生要入住那裡，總不能讓他睡在沒有門鎖的房間裡。就算對方是朋友，是請他來調查神祕現象，但房客就是房客，也有貴重物品和私人物品的管理問題。因此，只要把小屋的門和最靠近的『新月之間』的門交換，門就可以上鎖了。水野先生請我弟弟踏入小屋前，先進去房間收拾整理了一下。如果那是一個開放空間，任何人都可以進入，應該從一開始就會盡量維持整齊才對。」

「原來如此，確實有理。可是我們去到現場時，玄關門確實是小屋的。我們用其他客房的鑰匙實驗過，無法開啓，所以確定是小屋的門沒錯。」

沼尾這麼說，樋口也同意。

「那個時候，小屋和『新月之間』的門已再次交換。凶手殺害水野先生後，在房間裡四處貼上符咒，將窗內的紙門封起來，並弄破紙門的一部分，以便從外面看見室內，動了各種手腳，然後從玄關門離開。接著，他使用『新月之間』的鑰匙，從外面上鎖。

凶手一定知道我弟弟和水野先生約好凌晨兩點要見面。我弟弟被凶手利用來扮演密室目擊者的角色。」

「請等一下，小屋的玄關門也從室內貼上了符咒啊？就算持有鑰匙，也沒辦法從外面貼符咒。」

「凶手預先在門的其中一邊貼上符咒。另一邊應該也先貼在門板上，但柱子的部分還沒有貼上。聽著，我弟弟發現水野先生的屍體，去呼叫影山先生，然後影山先生先破壞窗戶進入小屋，接著要他走玄關進去，免得踩到碎玻璃受傷。但影山先生又說，門也貼了符咒，必須保持現場狀態，最後我弟弟是從窗戶進去。然而，這個時候，玄關門另一邊的符咒其實尚未完整貼好。影山先生是對著一門之隔的我弟弟，把符咒貼好，完成封印。」

「那麼，影山就是凶手？」

「請稍等一下，現在先把焦點放在解開密室之謎。影山先生完成的符咒封條，我弟弟也看到了。接著，影山先生把我弟弟留在現場，要他進行監視，便前去報警。影山先生回來後，和我弟弟交換監視任務，要他回去客房休息。我弟弟一離開，影山先生火速交換小屋和『新月之間』的門，並重新貼好符咒封條。『新月之間』以前就發生過一些奇妙的現象，門上貼了好幾張符咒，所以就算門板上有貼過符咒的痕跡，也是順理成章。」

「唔……按照老師的解釋，密室之謎確實解開了……」

不知不覺間，沼尾對我的稱呼變成「老師」。這代表他稍微肯定我了嗎？但他交抱著雙臂，依然一臉難以釋懷。

「怎麼了嗎？」

「我不明白影山為何要如此大費周章地布置密室。」

「因為影山先生他們的計畫遇到了意外。原本水野先生應該要被僞裝成上吊或是割腕自殺，但凶手和水野先生扭打的過程中，遭受超乎預期的反抗。凶手慌了手腳，隨手抓起附近的東西毆打水野先生，並勒住倒地的他的脖子，加以殺害。」

「確實，行凶使用的凶器，是小屋裡的玻璃菸灰缸和浴衣腰帶。」

聽到沼尾警部的補充，我點點頭，繼續說下去：

「突發狀況讓凶手慌得六神無主，但凶手還是依照原定計畫，在房間裡貼滿符咒，製造密室。凶手不曉得該如何變更計畫才好，於是機械性地做出預定的行動。不過，凶手沒忘記帶走能指出自己是凶手的決定性證據，那就是水野先生的眼珠。」

「水野的眼珠，是指出凶手的證據？」

「沒錯。凶手和水野先生扭打的過程中，失手用一樣特殊物品插進他的眼珠。如果讓眼珠留下來，經過驗屍，就會查出是被什麼東西刺傷，凶手是誰，自然也就呼之欲出。」

「那樣東西，難不成是……」

看來，沼尾也發現了。

「沒錯，就是髮簪。換言之，殺害水野先生的是老闆娘。影山先生爲了掩飾妻子的犯行，成爲共犯。」

後來，老闆娘的琉璃珠髮簪上驗出血液，證實了我的推理。檢驗結果顯示，血液與水野的吻合。老闆娘沒有把殺人證據的髮簪丟掉，因爲那是婆婆送給她的重要物品。老闆娘自願配合偵訊時，承認了犯行。老闆娘結婚前，與水野並非單純的客人與占卜師的關係，而是男女朋友。年輕的時候，老闆娘相當依賴水野爲她算命。這次老闆娘爲了小屋的異象，向水野求助，水野竟要求復合。老闆娘理智上明白必須拒絕，卻終究無法違抗水野。

「我覺得只剩下殺掉他一條路了。」

雖然是我無法理解的心情轉折，但總之老闆娘希望水野死去。她下定決心，找丈夫商量，想出僞裝成自殺，加以殺害的計畫。至於水野的眼珠，老闆娘供稱「我一挖出來就吞下去了」。據說如此供稱時，她嫣然微笑，想必對水野的感情相當複雜。此外，老闆娘也提到我弟弟的死。看來，弟弟當時已逼近眞相。

「呻木老師的弟弟再次來訪，說想看看小屋。我認爲拒絕很不自然，便答應了，但偷偷跟上去一看，他居然拿尺測量小屋的門和『新月之間』的門……」

被識破了。老闆娘這麼想著，壓抑不住滿腔不安。她告訴丈夫這件事，於是丈夫把弟弟找出去，將他推落鬼怒川。

另一方面，身爲丈夫的影山先生否認犯行。他堅稱毫不知情，全是妻子一個人幹的。然而，我老家附近的超商等監視器，拍到影山先生的車子。至於密室的機關，憑老闆娘一個人不可能完成。沼尾說會設法鞏固狀況證據，讓檢方起訴。

不光是命案，也交代一下影踏亭異象的源頭——神戶之神的事吧。聽寫記錄時，我以爲「KOUBE」就是「神戶」，告訴我這件事的T似乎也把這個詞當成「神戶」，其實這是錯的。「KOUBE」的漢字應該是「頭」或是「首」。換言之，那是「頭之神」才對。這顯示原本住在那裡的神婆，把人類的骷髏頭當成神來祭祀，而且是孩童的骷髏頭。宗教人士利用人類的骷髏頭來施咒術，並不罕見。《增鏡》(註)中提到，太政大臣西園寺公相的頭蓋骨異於常人，因此東山的高僧挖開他的墓取頭骨，或是喜多村信節寫的《嬉遊笑覽》卷八〈方術〉中引用的《龍宮船》裡，也記載巫女的物品當中有人類的骷髏頭。影踏亭的怪談中，出現在餐廳的孩童都是在矮餐桌底下，遇到鬼壓床的S只看

註：日本中世紀南北朝時代的歷史故事，作者不詳。

到男孩的頭，還有影山先生稱其為「怪物」，會不會是因為孩童的幽靈只有一顆頭？話說回來，弟弟的死令人悲痛。若不是對我身上發生的事有了多餘的誤會，或許他就不會慘遭橫禍。

我在租屋處遇到的事，跟影踏亭沒有任何關係。弟弟也在手記寫下他的疑問：為何姊姊會住在位於車站附近，而且有三房兩廳如此寬敞的地方？會有這樣的疑問也是理所當然。照常理來看，憑我這個冷門作家的收入，不可能付得起這種地段的房租。但我住的地方房租非常便宜，因為這裡是凶宅。以前這裡住著一對母女，是四十多歲的母親和二十多歲的女兒，由於女兒不幸遭人殺害，母親也在住處自殺，追隨女兒離世。此後搬進這裡的人，似乎都飽受或大或小的靈異現象所擾。

我視為蒐集資料的一環，拿自己當白老鼠，搬進這棟公寓，卻從未遇到重大的靈異現象，頂多就是感覺到有什麼人看著我而已。豈料，這次我突然失去意識，以超乎想像的模樣被人發現。如果沒有任何預備知識，我恐怕也會認為是作祟或是詛咒。但盤踞在公寓的靈是個母親，然後影踏亭電話的預言是「封眼」，我由此推測出自己為何會遇到這種事。這個房間的靈不願讓我目睹弟弟的死，於是讓我失去意識，想要封住我的眼睛，直到弟弟的葬禮結束。這應該是出於一種母性。雖然以結果來說，我覺得就是這個舉動導致弟弟橫死，但即使不去影踏亭，或許弟弟也難逃死劫。

此刻我仍在公寓住處寫著這份稿子。就在寫出「封眼」的眞相時，天花板附近響起砰砰異音，也就是所謂的騷靈現象，想必是我的推理說中了。

朧隧道怪談

「我家附近有靈異景點。」

最先起頭的是枝野優愛。

她表情靦腆，像是要秀出什麼珍藏的寶貝。枝野留著一頭短髮，劉海短得不自然，淡眉和虎牙特徵十足，長得就像個小鬼。

脇坂公平異常鮮明地記得，當時他正要偷偷伸手去夾最後一塊鮪魚生魚片。喝完生啤後，又喝了不常喝的威士忌蘇打，結果醉意比平常來得更快。儘管察覺到這一點，他卻以頗快的節奏喝起新一杯啤酒，肯定醉得很厲害了。隔著厚厚的鏡片看見的景象彷彿罩上一層霧，現實感變得更加稀薄。

當時，他們在位於宇都宮市內的大學附近的居酒屋。

三月最後一週的晚上，跟脇坂一樣就讀教育學系的枝野、高田雄一、藤野猛、邊見沙彩一起圍桌而坐。等春假結束，進入四月，五人便會升上三年級。

碰杯聲、其他桌位的喧嘩聲、店員朝氣十足的招呼聲，這些喧囂與喧囂碰撞出來的聲音粒子，嘩嘩灌流進脇坂的耳朵裡。傳入耳中的枝野的聲音，彷彿覆蓋在沙粒般的雜音上。

「離我家開車約五分鐘，騎腳踏車大概十五分鐘吧。山裡有條隧道，叫朧隧道，是一條老隧道，當地人都稱為『破爛隧道』。」

五人當中，枝野和高田是本地人。枝野的老家在日光市附近一座小鎮，因爲交通太不方便，她搬出家裡，在大學附近的廉價公寓一個人租屋。脇坂來自鄰縣的港鎮，不太瞭解地理相關位置，但聽到只有田地和山，大致想像得出是怎樣的環境。

「是喔？好像很有趣。」

第一個表示有興趣的是邊見沙彩。她的手輕輕地梳過微鬈的長髮，瞇起眼睛，豐滿的嘴唇勾勒出微笑。這麼說來，脇坂聽枝野提過，邊見似乎有陰陽眼，能夠看到或感覺到鬼魂。雖然不知眞假，但看來邊見原本就很喜歡靈異話題。

脇坂喝著剩下的啤酒，眾人愈聊愈熱烈，最後說定：「下個星期六晚上，一起去朧隧道吧！」

「抱歉，我星期六要打工。」

藤野猛婉拒同行。最近每個週末的深夜，他都在超商打工。很適合穿皮夾克的藤野，身材挺拔清瘦，眼神銳利，口氣有點粗魯，給人第一印象不佳，但混熟之後，就知道他這個人很好相處。

這群人當中，藤野和脇坂最親近。所以，脇坂知道其實藤野很想一起去。因爲藤野明顯對邊見有意思。儘管沒有直接問過本人，但只要在一旁看著，不難發現他對邊見十分有好感。

雖然脇坂自己對邊見也不無好感。

深夜跟兩個女生一起去探訪靈異景點……這種情況挺不錯。

穿棒球外套的高田雄一似乎也這麼想。枝野說要去朧隧道，第一個附和的就是高田。而且他還頻頻對邊見說「好像很有意思，去嘛」，態度顯而易見。高田染了頭髮，戴了好幾個耳環，怎麼看都是個玩咖，其實個性相當內向，除了他們這群人以外，脇坂從未看過他和別的朋友在一起。高田用比平常更吊兒郎當的語氣，滔滔不絕地高聲說：「約什麼時候？」「誰出車？」同時頻頻偷瞄邊見。

最後，除了藤野以外的四個人，說好下星期六深夜集合，開枝野的車去那條破爛隧道探險。碰面地點是藤野打工的大學附近的超商。住家裡的高田不停地抱怨「還要特地跑去大學附近」，但真要計較起來，脇坂很想吐槽：「你今天晚上還不是特地搭電車轉公車跑來參加聚會？」之所以沒跟他抬槓，是因爲自覺醉意上來，已口齒不清。

三月最後一個星期六的深夜——正確地說，已過午夜，所以是星期日了，脇坂公平等著四個朋友在超商集合。

時間剛過午夜十二點半。

初春的栃木縣比想像中寒冷，脇坂公平穿著灰色的薄羽絨外套。

「路上小心。」

在穿著超商制服的藤野猛目送下，脇坂等四人朝枝野優愛的老家所在的月隈町出發。

枝野的愛車，是父親讓給她的銀色豐田Allex。枝野負責開車，容易暈車的脇坂坐在副駕駛座，後座坐著邊見沙彩和高田雄一。

從宇都宮的市中心到月隈町，車程約一個小時。會合地點稍微偏離市中心，因此實際抵達現場，大概需要一個半小時。

「欸，優愛，我們要去的隧道，有什麼靈異現象？」

邊見探出上身問枝野。

這麼說來，上次聚會的時候，枝野說「有靈異景點」，卻沒提到任何具體的怪談內容。

「其實啊，」枝野的話聲莫名高亢，「我也是最近才得知詳情。那裡好像有無頭女鬼出沒，而且不只一個，是兩個或三個，總之有好幾個。」

儘管是「好像」這種模糊的資訊，枝野的表情卻有點得意洋洋。唔，若是有好幾個無頭女鬼出現，確實是相當驚悚的靈異景點，而且位在自己的故鄉，也不是不能理解她想要炫耀的心態。

「呃，那裡以前出過什麼事嗎？」

脇坂提出單純的疑問。

然而，枝野的回答卻很模稜兩可：「大概吧。」

「什麼？妳不知道？」

「不知道耶。至少從我出生到現在，那條隧道應該都沒出過什麼事。啊，可是，以前好像有小學生被機車撞到？搞不好只是我忘記而已。」

「不知道爲什麼會鬧鬼嗎？」

邊見確認似地問，枝野活力十足地應聲：「不知道！」顯然嗨起來了。不曉得是否心理作用，車速也變快了。脇坂暗自祈禱這只是心理作用。

「啊，我知道這種情況。」

高田出聲說道。

「我讀的國中啊，完全沒有所謂的校園鬼故事。可是我畢業以後，我妹進了同一所國中，卻說第二校舍樓梯底下的鏡子會映出死掉的學生。她問我：『哥，這是眞的嗎？以前有學生死在那裡嗎？』我心想：『咦，什麼跟什麼？』我從來沒聽過這種鬼故事，也是第一次聽到有學生死在樓梯底下。」

「也就是……怎樣？」

「雖然不曉得是不是出過事、死過人，但有時候鬼故事會憑空冒出來。我們現在要去的隧道，會不會也是這一類的？這樣的話……」

「怎樣？」

「或許不太能期待能拍到什麼靈異影片。」

聽到高田的話，枝野噘起嘴說：

「不要還沒去就潑冷水好嗎？搞不好是因爲地磁異常什麼的，會吸到很多浮遊靈那些啊。」

雖然是很跳躍的想法，但那種蟑螂屋似的隧道實在討厭。像這樣瞎聊沒營養的話，在近處觀察，脇坂漸漸覺得枝野千變萬化的表情十分可愛。

接下來，爲了盡量維持試膽冒險的氣氛，四人決定發表各自知道的怪談。其中經常撞鬼的邊見沙彩所說的怪談，幾乎都是親身體驗，異樣地嚇人。一開始還在調侃說笑的高田，最後只要邊見想開口，就像個孩子般鬧脾氣制止：「邊見的怪談太恐怖了，妳別說了！」

在幾乎沒有對向來車的路上兜風了約一小時，途中在超商上過廁所，通過一座相當大的鐵橋，接著進入緊貼山壁的小路。然後，開了約十分鐘，枝野放慢車速說：

「那就是我家。」

從縣道駛進未鋪整的小路，前方出現像是雙層民宅的建築物。由於周圍沒有路燈，背後又是一整片森林，看起來就像巨大的漆黑塊狀物蹲踞在田地當中，所以脇坂等人只能發出「嘿～」、「吼～」之類像是應和也像是感嘆的聲音。

在T字路右轉，終於進入周圍杉林夾道的蜿蜒小徑。從這裡到朧隧道只要一眨眼的工夫，一回神，一座小隧道已張口迎接。

脇坂的想像中會是更陰森恐怖的地方，但透出橘色燈光的朧隧道，看起來就是隨處可見的普通隧道。老舊歸老舊，卻舊得有些半吊子，既沒有藤蔓纏繞，也沒有滴答滲水，讓人頗爲失望。

隧道前方有寬闊的路肩，枝野把車停在那裡。

漫長的車程讓脇坂有些暈車，他逃也似地跳出車外，深吸冰涼的夜晚空氣。呼出來的氣息是白色的，眼鏡微微起霧。雖然速度緩慢，但嘔吐感逐漸消退。

他鬆了一口氣，忽然注意到其他三人都沒有下車。出了什麼事嗎？脇坂正想再次打開副駕駛座的車門，高田雄一已從後座下車。

「邊見說她不舒服。」

「咦，暈車嗎？」

跟自己一樣。然而，高田搖搖頭說「不是」。

「該怎麼說，是靈異那方面的。她似乎跟這裡犯沖。唔，我是不太懂啦。總之，她說絕對不進去。她在和枝野討論要怎麼辦。」

很快地，枝野優愛和邊見沙彩都下車了。

邊見的臉色確實相當糟，顯然比仍在暈車的脇坂更不舒服。

「妳還好嗎？」

脇坂問，邊見「嗯」了一聲。好像是盡量擠出沒事的聲音。

「休息一下就好了。大概類似偏頭痛，不用在意我，我沒事。」

最後邊見決定留在原地等他們。

「如果妳的狀況允許，我們進去隧道以後，如果看到有車子或機車過來，幫忙跟他們說一聲『有朋友在裡面』好嗎？隧道裡面很窄，萬一有車子高速衝進來，實在難以閃避。」

枝野提出請求，邊見點點頭應道：

「沒問題。眞是抱歉，你們不用管我，盡情去探險吧。我會在這裡盯著，看看有沒有什麼動靜。」

「要是非常不舒服，不妨在車子裡面躺一下。車子我就不鎖了。如果有什麼事，要馬上聯絡喔。睡覺的時候，車子不能鎖起來。」

枝野交代完，把手電筒遞給邊見。

「謝謝。」

一臉難受地笑著的邊見，美得令人心驚。

「男生們，準備好了嗎？」

枝野露出虎牙微笑。

脇坂和高田都努力歡快地回應。

「進行的步驟是，我們三個先一起走到隧道另一頭，然後派一個人折回這裡，一路上用手機拍攝隧道裡面。那麼，出發吧！走嘍！」

於是，脇坂和高田兩個男生彷彿在枝野的帶領下進入隧道。

枝野已舉起手機開始錄影。她拍了隧道外觀，一邊走進隧道，一邊配上煞有介事的實況旁白。

「不是還沒開始錄影嗎？」

高田提出疑問。

「嗯，可是萬一在去到隧道另一邊的途中撞鬼，會來不及切換成錄影模式吧？」

「唔，也是。」

「你們也用自己的手機拍一下啦。或許會拍到什麼。」

比想像中正式。脇坂以為靈異景點探訪只是試膽的延伸，期待眾人會哇哇鬼叫，緊貼在一起，因此顯得不知所措。他對如此期待的自己感到有些羞恥。

隧道裡比預期中明亮，應該是先前已習慣黑暗的緣故。隧道稍微左彎，還看不到出口。

枝野一邊進行實況轉播，一邊大步往深處走。她的聲音在隧道裡迴響，營造出莫名熱鬧的氣氛，實在不恐怖。這……從各種意義來說，應該不行吧？拍攝的人本身不害怕，看的人也害怕不起來吧。除非真的拍到鬼，否則把這種影片上傳網路，根本沒有意義。

而且這裡雖然是森林圍繞的山路，卻並非山中異界。開車一會就到的地方，就是枝野的老家。這麼一想，總覺得好笑起來了。脇坂用手機隨便對著牆壁拍，快步追上枝野。另一方面，高田的表情比想像中嚴肅，但也不是專心在錄影的樣子。脇坂覺得他應該不是真的害怕，不過和枝野的興致高昂確實呈現兩個極端。

不出所料，沒有任何意外發生，三人順利走到隧道另一頭。換算成時間，約莫是五分鐘吧。

然而，脇坂公平一走出隧道，便感到一股惡寒。大概是比起隧道裡面，外面的體感溫度更低，橫亙在眼前的黑暗，以及延伸至黑暗中的小路總教人感到不祥。即將被膨脹的黑暗纏身的模糊不安油然而生，於是脇坂刻意開朗地問：「好了，正式錄影誰要上？」

聽到這句話，枝野說「當然是男生去」，看向脇坂和高田。

脇坂也覺得獨自折回隧道的人，不是自己就是高田。

「怎麼樣？」

脇坂問，高田表情曖昧。

看那副表情，是不想去的意思嗎？

脇坂並不特別抗拒獨自進入隧道，只是他對自己的攝影技術毫無信心。其實，別說是錄影了，脇坂連照片都沒拍過幾張。他擔心無法拍出水準足以放上網路的影片，所以不太願意毛遂自薦。

「不然猜拳決定？」

高田提議，脇坂也同意。

但就在兩人說著「剪刀、石頭……」的時候，枝野優愛開口表示「沒關係，我去」，導致靈異隧道入口前產生不同意義上的微妙氣氛。

兩個男生目送枝野進去後，氣氛依舊莫名尷尬。

隧道內傳來枝野實況轉播的聲音，不久就逐漸遠離。

「邊見不曉得還好嗎？」

高田低聲說道。

「仔細想想，我們等於是三更半夜把一個女生丟在那裡。」

「如果邊見害怕，會自己回去車上吧。車子可從裡面上鎖，她應該比我們安全。」

「唔……萬一遇到鬼，上鎖也沒用吧？」

「你不是不信發生在這裡的怪談嗎？」

「不是，一開始雖然不信，但若邊見有所感應，表示這裡真的有鬼吧？真的只出現在隧道裡面嗎？我忍不住擔心起來，想著把她一個人丟在那裡不要緊嗎？」

脇坂能理解高田的心情，但現在說這些又有何用？

尷尬的沉默再次籠罩兩人。

要是沉默不語，身體和意識彷彿都會被黑暗侵蝕，於是脇坂開啓無傷大雅的話題：

「你覺得能拍到什麼嗎？」

「不曉得耶。網路上的影片幾乎都是假的。」

兩人生硬地交談，總覺得時間過得特別慢。仔細想想，他們等於是讓兩個女生在深夜分別落單了。

罪惡感驀地湧上心頭，霎時，一道女聲傳來，脇坂嚇了一大跳。

枝野出發以後，過了將近十分鐘。

「你聽到了嗎？」

脇坂問，高田點點頭：

「是……枝野的聲音嗎？」

緊接著，脇坂的手機接到枝野的來電。

「啊，喂？」

「沙彩不見了。」

「咦，什麼意思？」

「我走出隧道，發現沙彩不在車子附近，也沒在車子裡面。我叫喚她的名字也沒有回應。」

換句話說，剛才聽到的女聲，是枝野在呼喚邊見嗎？

「我們馬上過去。」

脇坂說完，掛掉手機。

他向高田說明狀況，兩人一起跑過隧道。

橘光照耀下，除了脇坂和高田以外，沒有其他人影。

這是唬人的遊戲嗎？

會不會是枝野爲了讓兩個沒出息的男生嚇一跳，故意安排的惡作劇？

這樣的懷疑掠過腦際。

然而穿出隧道，看到站在前方的枝野那走投無路的表情，脇坂知道眞的發生了最糟糕的狀況。

那天晚上，邊見沙彩在朋友面前消失無蹤。

呻木叫子的原稿1

栃木縣北部，位於日光市與月隈町境界的山路上，有一條O隧道。O隧道全長約三百公尺，寬度僅勉強容一輛中型車通過，無法在隧道裡會車。但因爲周邊交通量很少，用路人似乎也不會感到不便。

這條路原本是連接各聚落的生活道路，後來鬼怒川上搭起大橋，道路重新整備，如今使用O隧道所在的舊道的人相當有限。或者說，附近人口本來就非常少。那裡是人口嚴重外流又高齡少子化的鄉下地區，連民宅都十分稀疏的山間，沒事不會有人跑去那裡。

O隧道被大片蓊鬱的杉林圍繞，大白天也陰陰森森，入夜以後，更是漆黑到伸手不見五指，呈現出更加詭譎的樣貌。在黑暗中散發出幽微的橙色燈光，張開深邃大口的O隧道，蘊釀出彷彿通往異界般的恐怖氣息。

S是任職於社會保險事務所的六旬男性。屆齡退休後，他進入現在的職場。每星期有一半的時間，他不是待在事務所，而是在外面跑業務，前往附近的就業服務處，或拜訪未加入國民年金者的住家。

這天，他同樣拜訪負責的業務地區的人家，催促未加入國民年金者辦理必要的手續。

社會保險事務所的公務用輕型車沒有導航系統，S會預先查看地圖，確定要拜訪的人家的路線。爲了保護個資，事務所的電腦不能連接外網，無法使用Google Map，S對機械類又一竅不通，手機用的也是長輩使用的老人機，更別提智慧型手機和平板電腦了。明明是工作，卻得使用私人物品，甚至自掏腰包支付上網費用，實在太荒謬了，他才不幹。

因此，每次拜訪客戶，光是要找到位置，都得費盡千辛萬苦。有些是公營住宅，當然也有廉價公寓或高級華廈。由於是鄉下，有的是山中孤伶伶的獨棟房屋，也有經過錯綜複雜的農道後出現的聚落。

「那天我預定拜訪離町公所相當遠的一戶人家。那裡在泡沫經濟時期是別墅區，如今幾乎都是空屋。不過好像有從都市過來的人，買下老屋裝修改建後居住。我看看地圖，發現從事務所去那裡，比起走新道，從舊道穿過O隧道更快。」

下午一點半左右，S開車抵達山嶺。

車子駛過無人的小路，進入O隧道。

S知道就算遇到對向來車，也無法在隧道裡會車，所以把車速放得相當慢。沒想到，這時車頭燈照到人影。

「應該是個女人。因爲人影穿著裙子，雙手像這樣，垂落在身前，搖搖晃晃地站在隧道正中央。我車子都開過去了，人還在那裡晃啊晃的。」

S訝異地停車，按了喇叭。

對方毫無反應。

S開窗呼喊：「喂，小姐！」

「可是啊，我打開車窗，探頭出去查看的時候，女人已消失不見。」

什麼時候離開的？

S很納悶，但因爲能夠前進了，便關上車窗。

他重新握好方向盤，往後照鏡一看，整個人僵住。

鏡子裡，映出一個無頭女人坐在後座。

S嚇得回頭，但後座沒有人影。再次看後照鏡，一樣什麼都沒有。

S連忙開出隧道，落荒而逃。

「我把這件事告訴妻子，她不相信。可是，那時候我在鏡子裡看到的絕對不是幻覺。因爲我到現在都無法忘記女人的脖子斷面。」

S說，因爲會想起那血肉模糊的樣子，他從此無法吃燒烤，尤其是烤內臟。

興趣是騎公路自行車的三十多歲男性U，也在O隧道遇到不可思議的事。

栃木縣是公路自行車盛行的土地，也是宇都宮閃電隊和那須旋風隊這兩支公路自行車職業車隊的主場所在地，每到假日，各處道路都可看見個人或團隊騎著自行車馳騁而過的身影。我回栃木老家的時候，在路上開車，也一定會看到公路自行車。

任職於宇都宮一家印刷公司的U，爲了消除平日的運動不足，以及抒發壓力，每逢假日都會去騎自行車。

「爸媽要我別騎自行車亂跑，該去找老婆才對。現在到處都有市區聯誼之類的活動，我媽不曉得什麼時候去要了介紹傳單回來。」

跟父母同住的U苦笑著這麼說。

O隧道是U騎車固定會經過的地方。周圍的山路沒什麼行車，又有上下坡和彎道，非常適合練習。所以，那天他也沒有特別意識到什麼，直接騎進O隧道。他感受著沁涼的空氣，經過隧道正中央時，連忙按下煞車。

「在經過那裡之前，眞的什麼都沒有。」

然而，經過隧道中間的時候，U瞥見異常的景象。

「牆邊有四個人，大概是三個女人、一個小孩。」

三個女人背對隧道牆面，並排站立。

旁邊站著一個女孩。

宛如地藏石像般佇立在那裡的她們，全都沒有頭。

雖然心驚膽跳，U還是再次回頭看了一眼。

然而，那裡只有被橙色燈光照亮的老舊混凝土壁面，沒有什麼女人。

U騎出隧道後，便直接回家。

U目擊到沒有頭的女人，只是一眨眼的事，一開始他以爲是錯覺。但事後他上網搜尋社群媒體，發現還有別人聲稱在O隧道看到無頭女人的幽靈。

「怎麼說，比起實際看到幽靈的時候，看到那些貼文的瞬間，更讓我背脊發涼，不禁覺得：『啊，我看到的果然是什麼不好的東西。』沒錯，從此以後，我再也不曾去O隧道。」

U斬釘截鐵地這麼說。

五十多歲的婦人K，那天開車去迎接聚餐結束的丈夫。她是晚上十點從日光市的住家出發，約十五分鐘後開到O隧道。

「那天是星期六。我先生白天和朋友一起去打高爾夫球，結束後直接去朋友G家吃飯。」

聚餐地點的G家，在經過O隧道後不遠的地方。一群朋友固定會在打完高爾夫球後到G家吃飯喝酒，K去接過丈夫好幾回了。而且平常他們家就和G家有往來，經常走O隧道。

這天晚上，K一如往常地開車進入隧道，卻在出口附近看見一個小小的人影，連忙踩下煞車。

「有小孩在那裡。」

被車頭燈照亮的，是一個約小學生年紀、穿裙子的女孩。女孩背對這裡，抱膝而坐。

這麼晚了，怎會有小女生在此處？

K正猶豫該怎麼辦，女孩站了起來，轉過身。

女孩沒有頭。

看見那血肉模糊的斷面，K倒抽了一口氣，立刻想要逃走。總之先倒車，她望向後照鏡確認後方狀況。

「那一瞬間，我渾身一僵。」

車子後方，竟有兩名無頭女子走近。速度並不快，但確實是朝著K的車子，搖搖晃晃地走來。

K表示，接下來她的記憶一片模糊。她似乎猛踩油門，衝過O隧道。一回過神，已抵達目的地的G家。

可能是聽到車聲，丈夫和G夫妻從玄關出來。看到三人，K打從心底鬆了一口氣，下了車子。

可是，這時K面臨了更強烈的恐懼。

在玄關燈光的映照下，K的車身沾滿密密麻麻的赤黑色手印。

「就像乾掉的血跡。」

隔天，K花了大半天才把手印全部清洗乾淨。

此後，K仍有機會再次經過O隧道，但再也不曾看到奇怪的景象。

大學生E和朋友一起遇到了相當匪夷所思的事。

E是在O隧道附近的地方出生長大的。到高中爲止的十八年都在老家度過，升大學的時候，才自己一個人搬到宇都宮生活。

這天晚上，E和同系的朋友三個人一起造訪O隧道。時間是凌晨兩點多左右。

「算是試膽，或是靈異景點探險。還有，我們想拍個靈異影片，上傳到影音網站。」

也不是認眞想要拍到靈異現象。簡而言之，就是朋友聚在一起玩的一種名目。只是覺得比起單純去O隧道，有拍影片這個明確的目的比較好玩。E其實是抱著相當輕鬆的心態，和朋友們一同前往O隧道。

其中一個女生H似乎有靈異體質，遭遇過幾次靈異現象。她對靈異景點很好奇，顯得比男生們更起勁。

由熟悉當地的E開車，把朋友們載到O隧道。隧道前方，左右兩邊都有鋪滿鵝卵石的路肩，E暫時把車停在那裡。

看到隧道，H喃喃說著：「啊，這裡可能不行。」

「不行？意思是很危險嗎？」

「也不是，該怎麼說，跟我犯沖。我頭也痛起來了。」

E原本打算請有陰陽眼的H領頭進入隧道。

「聽到她說不能進去隧道，我心想：『哎，原來是冒牌靈異少女嗎？』可是她的臉色糟透了，看上去眞的快要吐出來的樣子，所以我又想：『啊，這不是裝的。』」

眾人決定讓H留在隧道前面。E說是想請H在那裡看著，如果有車子要開進隧道，就告訴對方隧道裡有人，請他們小心。

確實，O隧道內空間狹小，要是在拍影片的時候，有車子高速開進來，十分危險。不過，當時是凌晨兩點多，幾乎不會有車子行經如此狹窄的山路吧。

H表示「你們不用管我，盡情去探險吧。我會在這裡盯著，看看有沒有什麼動靜」，目送三人離開。

E對H說「眞的很不舒服的話，就在車子裡面躺一下」，沒有把愛車上鎖。

E給了H一支手電筒，和兩個男生進入隧道。

他們的計畫是，首先三人一起移動到另一邊的出口。這段期間雖然會用手機錄影，但並非正式錄影。走出隧道後，留下兩人守在那裡，遇到有車子要開進隧道時，負責說明狀況。剩下的一人，一邊用手機錄影，一邊移動到H等待的地方。最後開車載著H，進入隧道，去接留在對面的兩人，踏上歸途。

「然後，提議的我自己負責錄影。」

E原本打算請其中一個男生錄影，後來想到回程要開車接人離開，還是自己邊錄影邊走回去比較順。而且看到在靈異景點前準備猜拳決定的兩個男生，她覺得很不可靠。

「咦，妳問我一個人不怕嗎？唔……雖然不是完全不怕，可是這個地方我從小就十分熟悉，也沒聽過有什麼鬧鬼的傳聞，而且我好幾次在天黑以後一個人騎腳踏車經過。」

E背對尷尬地目送她的兩個男生，拿著手機進入隧道。光量雖然微弱，但隧道內每隔一定距離就設有照明。在均質的橙色燈光中，E一邊錄影，一邊走向H等待的出口。

「大概走到隧道正中央的時候，我突然背脊發寒。是的，呃，雖然可能是心理作用。」

這時，E總算感到「害怕」。明明是自小熟悉的地點，卻像是其他地方一樣陌生。她不明白為什麼，覺得可能只是恐懼晚了一些襲來，並未多加深思，稍微加快了腳步。

然後，她平安無事地走出隧道……

「H不見了。」

果然是身體狀況惡化了嗎？E探頭看車子，H也不在車上。

難不成是躲起來想嚇她？E呼喊H的名字，完全沒有回應。

E驚慌地打電話給隧道另一頭的兩個男生，說明H不見了。接著，她打到H的手機，但好像沒開機，電話打不通。

男生們立刻過來會合。可是，他們也說在隧道內移動的期間，完全沒看到H。

於是，E和兩個男生上了車，呼喚著H的名字，在周邊道路往返好幾次尋找她。最後還是沒找到人。

E和兩個男生直接前往附近的派出所，說明狀況。

隔天早上，警方出動尋人，然而H就此下落不明。

後來，E和兩個男生重新看了一遍在隧道裡拍的影片，發現拍到奇妙的景象。就是讓E感到遍體生寒的隧道中段的地方。手機從右往左移動的瞬間，確實有個像人影的東西一閃而過。

我也看了E提供的影片，按下暫停，那像是女人的身影。由於只是影子，看不清有沒有頭，但若要說人影低著頭，或是沒有頭，看起來也確實像是這樣。

H的家人報案，請警方協尋，不過H到現在依舊行蹤不明。

☘

邊見沙彩失蹤後過了一星期。

那天晚上，脇坂公平、枝野優愛、高田雄一為了尋找消失的邊見，開車在朧隧道周邊的道路往返了好幾趟。

脇坂等人和邊見分開的時間，約莫是十五分鐘左右。若是趁這段空檔用跑的離開，要跑到縣道，也不是不可能的事。只是，想不到邊見必須跑離現場的理由，也不清楚後來她去了哪裡，因此這個假設並不符合現實。不過，比起一個人踏進漆黑的杉林要好一點。

最後他們無計可施，只得報警。

當地的派出所人員似乎都熟識枝野的父母，態度相當親切。隔天早上，轄區警署和消防隊也派人支援，花了半天左右，搜尋附近的森林，還是沒找到邊見。

後來，脇坂等人看了他們自己拍的影片，想要尋找有無線索。然而，除了枝野拍的影片中有疑似人影的奇妙影子外，沒有找到任何與邊見的下落有關的事物。

「或許是詛咒。」

枝野臉色蒼白地說。

「有可能。」高田表示同意，但脇坂沒辦法輕易歸咎於詛咒、作祟之類。

當天未能參加的藤野猛也十分為邊見擔心，騎著自行車多次前往現場。

這一個星期以來，脇坂這群朋友間的氣氛一直很緊繃。邊見沙彩究竟消失到哪裡去了？會不會被捲進什麼犯罪？或者是遇上意外事故？邊見會消失，都是他們胡鬧害的嗎？這些疑問、罪惡感、憂慮混在一塊，煎熬著脇坂、枝野、高田以及藤野四人。

時值春假，讓情況更糟了。如果去大學上課，或許還有辦法轉移注意力，但春假獨處的時間相對較多，無可避免會想到邊見沙彩的事。

後來，警方沒人來找脇坂問話。而且警方和消防隊也沒有採取更進一步的搜索行動。或許警方並沒有把邊見的失蹤視爲多嚴重的事。爲什麼他們不肯更用心找人呢……？

脇坂實在難以釋懷。

他對不肯積極行動的警方感到憤怒，也對無能爲力的自己感到火大。或許是承受著這樣的精神壓力，他連日做了奇怪的夢。

注意到的時候，脇坂已在隧道裡。

從那不上不下的老舊程度，以及廉價的橘色燈光，他知道這裡是朧隧道。

現實中的朧隧道，走個五分鐘就能出去了，夢裡的隧道卻是遙無盡頭。

不管怎麼走都沒完沒了，看不到出口。就算轉身往回走，背後也一樣是長得可怕的隧道。

夢裡，脇坂在尋找某些東西。

他四下梭巡，想要找到什麼。

那東西好像非常重要，但醒來之後，就忘了到底在找什麼，所以他不知道具體上自己在找什麼。雖然不知道，脇坂總覺得是在找邊見沙彩的屍體。

最後，脇坂什麼都沒有找到，卻在隧道裡徘徊了好幾個小時。就是如此折騰的夢。

精神瀕臨崩潰的星期日下午，藤野猛到脇坂住的公寓找他。

藤野猛提著罐裝啤酒和啾嗨(註)，一副準備要和平常一樣開懷暢飲的陣仗，但他身上散發出來的氣息，帶著一股不穩定的氛圍，連帶讓脇坂內心跟著騷亂不安起來。

兩人在三坪木板地房間的矮桌面對面坐下，脇坂喝啾嗨、藤野喝啤酒，漫無邊際地閒聊了一會。不知不覺間，話題的中心轉移到邊見沙彩的失蹤。

「把一星期前那天晚上的事再告訴我一次。」

藤野這麼要求。

於是，脇坂鞭策著因酒醉而變得遲鈍的腦袋，回想那天晚上的事，向藤野轉述。這是他第二次告訴藤野這件事，就算喝醉了，應該也能夠完整說明。

藤野喝著啤酒，默默聆聽。待脇坂說完，他一把捏扁喝完的啤酒罐。

「我也去過朧隧道了。就像你說的，周圍眞的什麼都沒有。」

「對，完全就是山裡，或者說森林裡，毫無人影。」

「所以，我對邊見的失蹤做了一番設想，大概有兩種可能性。」

藤野相當冷靜。

跟束手無策，卻又對詛咒和作祟半信半疑的脇坂不同，藤野似乎有某些想法。「兩種可能性？」脇坂催促，藤野開始說明：

「就是邊見是憑自身的意志消失的，或被別人帶走的，這兩種可能性。」

「哦，嗯。」

唔，這樣分類很合理。不過，脇坂也覺得太理所當然，根本用不著特地提出來。但脇坂自己根本沒有仔細釐清過狀況，因此沒資格吐嘈藤野。

「首先是邊見主動消失的可能性。這種情況，意即邊見從一開始就計畫要在那天晚上失蹤。」

「爲什麼？」

「理由太多了。跟男人私奔、厭倦人際關係、想要逃離跟蹤狂的騷擾，甚至可能只是厭倦一切。我認爲就算追究動機，也無助於尋找邊見的下落，應該要先思考她是怎麼消失的才對。」

註：チューハイ，用燒酎或Vodka等蒸餾酒，和果汁或碳酸水調成的酒類。

「好。」

「發現邊見失蹤以後，你們立刻開車到處找她，對吧？」

「對。枝野開車，我們在隧道前後來來回回找了好幾次。」

「具體來說，枝野走出隧道，發現邊見失蹤以後，過了多久你們才開始找人？」

「我接到枝野的電話，跟高田一起過去和她會合，然後分頭查看邊見有沒有在附近的森林裡……唔，大概十分鐘以後吧？」

「這表示邊見一個人獨處後，到你們離開隧道，有將近三十分鐘的時間。」

脇坂原本以爲他們和邊見只分開約十五分鐘，不過確實就像藤野說的，算上在附近找人的時間，正確來說約二十五分鐘。

「二十五分鐘，就算是徒步，也能走得相當遠。」

聽脇坂這麼說，藤野疑惑地歪頭：

「不，在深夜徒步移動，有點難以想像。姑且不論是無頭蒼蠅似地逃離什麼事物，假設邊見早就計畫要失蹤，應該會採取更聰明的方法。」

「像是什麼方法？」

「預先準備車子。但邊見沒有駕照，所以她需要有人協助。」

確實，若是有人協助，邊見消失的事，就一點都不神祕了。

「當然，她也可能先躲在森林裡，等你們離開再移動。不過，寒冷的夜晚長時間躲藏在森林裡，想想還是太不自然了。況且，就算躲起來，終究得離開那裡，到頭來還是需要移動手段。」

如同藤野所說，如果沒有人協助，難以離開那個地點。如果是計畫性失蹤，就更不用說了，應該早就想好移動手段。

「接著是有人帶走邊見的可能性。」

「三更半夜，那種地方會有什麼綁架犯嗎？」

脇坂直接提出疑問。

「可能性不一定是零。三更半夜，一個年輕女人獨自待在那裡。有人碰巧看見，一時心生歹念，把她擄走——雖然令人作嘔，但並非不可能的事。只是，我覺得還有更不一樣的可能性。」

「不一樣的可能性？你是指神隱嗎？」

「你傻啦？世上哪有什麼神隱。我要說的是，邊見有可能是被人計畫性地擄走。」

「嗯，什麼意思？」

「有人事先知道你們當天晚上要去那裡，悄悄跟蹤枝野的車到現場，然後趁機擄走邊見之類的。」

「呃，可是邊見會落單，完全是她自己的決定耶。如果不是她不舒服，我們應該不會分開行動。」

「也對。不，等等。」

這時，藤野猛露出凶惡的神色，突然陷入沉默。脇坂剛要出聲，他伸手制止，抓起啤酒罐放到嘴邊。看來，他似乎正在全速動腦思考。

「我看出來了。」

藤野說著，凌厲的目光掃了過來。

「是枝野殺害藤野。」

「咦，你在說什麼？」

「聽好，第一個發現邊見消失的人是枝野。其實邊見根本沒有消失，她是被枝野藏進後車廂。」

「後車廂！」

確實，當時沒有人想到邊見可能會在那種地方。

「如果邊見是基於自身的意志想要失蹤，那麼她一個人留在原地，就是預先計畫好的，枝野也配合她。另一方面，如果邊見是被迫消失的，就是枝野用了某些方法，剝奪邊見的自由，把她塞進後車廂。」

藤野避開了明確的說法，但限制邊見的行動，或許是用某些方法讓她失去意識。最糟糕的情況，就是奪去她的性命。

然而，脇坂沒辦法太認眞地看待藤野的說法。見朋友一臉嚴肅，他甚至忍不住笑出來。

「啊哈哈，眞是名推理，不過你錯了。枝野全程都用手機錄影，她走出隧道時的錄影畫面也完整無缺。從她走出隧道的那一刻，確實就沒看到邊見的人影了。」

即使聽到脇坂這番話，藤野也沒有退縮。他還是一樣，一臉凶惡地瞪著脇坂。

「那段影片，眞的是當天晚上拍的嗎？」

「咦？」

「邊見消失之後，你和高田是立刻查看影片嗎？」

「不，那是……」

確實是隔天才看的。

「既然不是當下檢查，影片這種東西，要怎麼編輯都行。不，就算是當下檢查，也有辦法預先準備類似的影片。只要讓你們以爲她事前一個人拍好的影片，是那天晚上拍的就行了。」

看來，藤野深信，眞相就是枝野殺害邊見。

眞的是這樣嗎？

當時枝野會進入隧道，不是因爲脇坂和高田磨磨蹭蹭，而是她早就計畫要自己一個人進去嗎？

枝野的愛車後車廂，遺留著邊見待過的痕跡——比如毛髮或血跡嗎？

在脇坂的腦海中，枝野優愛笑得像個調皮的小鬼。一滴懷疑的墨水落在那張笑臉上。滴落的黑漬一眨眼便擴散開來，化成了一張陌生的臉。這讓他驚駭不已。

爲了拂去不安，脇坂硬是把話題轉往別處：

「其實啊，從邊見失蹤那天開始，我就一直做奇怪的夢。」

「怎樣的夢？」

脇坂以爲藤野不會當一回事，沒想到他的表情意外嚴肅。

於是，脇坂說出在隧道裡尋找東西的夢境。藤野的神情明顯緊繃起來，不等脇坂說完，他便開口：

「——我也做了一樣的夢。」

呻木叫子的原稿2

根據我個人的調查，O隧道的怪談第一次在網路上被人提起，是距今約二十年前的二〇〇〇年二月。內容很簡單：「半夜經過隧道，有個無頭女孩站在那裡。」由於地處偏僻，加上內容老套，未能引發話題。因爲鄰近的矢板市有非常知名的鬧鬼隧道，確實有跟風之嫌。

此後，幾個靈異鬼故事類的論壇，也零星可見關於O隧道的貼文。以怪談而言，內容很普通，但不同的貼文，有時不是無頭女孩，而是無頭女人，出現的也不只一人，而是兩人或三人，幽靈的年齡和人數有所差異。

然後，從社群媒體普及開來的二〇一〇年開始，主要是栃木縣居民之間，關於O隧道的怪談再次火熱地流傳開來，幽靈的人數也增加爲無頭女孩一名和無頭成人女性三名，總共四名。附帶一提，我親自訪談的對象，都是近幾年在O隧道遇到怪事。

O隧道的怪談十分樸素，很難說傳遍全國。

原因可能是雖然有人目擊到無頭女人們，但關於其來歷，完全不明，要作爲怪談傳播，實在不夠完整。

我搜尋以前的新聞，發現O隧道沒有發生過任何女孩或女人被斷頭的事故或命案。而且隧道本身的工程十分順利，完成後發生的交通事故，也只有一起而已。那是小學生與機車衝撞的事故，被害男童雖然受了重傷，但沒有生命危險。

換句話說，O隧道從來沒有死過人。

儘管如此，卻有好幾個無頭女人的幽靈多次在此地現身。

反正只是怪談，就算與事實不同，或許也不是什麼大問題。不過，即使是這種情況，應該也會提到（或瞎掰出）鬧鬼的原由才對。然而，O隧道卻完全沒有，這一點實在相當不自然。

同時，透過親自採訪，我發現O隧道的怪談並非單純的傳聞，而是基於每個人的眞實體驗。倘若純粹屬於傳聞，幽靈在什麼情況下現身都沒有問題。但如果眞的發生了異象，其中必定有原因。

其實，我會對O隧道的怪談萌生興趣，就是因爲這一點。

在毫無因果關係的地點，眞的會冒出多達四個無頭幽靈嗎？

以《學校怪談——口承文藝的展開與諸相》（註）廣爲人知的民俗學家常光徹，在〈隧道怪談〉這篇考察文章中，將隧道發生異象的原因分爲六大類型。簡單歸納，即爲：①死於工程中的坍方事故等原因的人，靈魂停留在原地，在隧道開通後，仍在隧道內引發異象。②類似①，不過是在工程期間，打生樁把人埋在其中。③是隧道附近有火葬場或墓地。④也類似③，不過是因隧道挖到寺院或神社的下方而導致異象。⑤是隧道完工後發生的交通事故死者靈魂流連不去。⑥是隧道內發生自殺事件，此後發生異象。常光表示，⑤是最常見的。

如同前述，O隧道不論是工程期間或完工以後，都沒有死過人，加上隧道附近沒有火葬場、墓地、神社寺院等宗教設施（包括小祠堂），很有可能是不符合常光提出的分類的特殊案例。只是，這裡要附帶一書，關於②的打生樁，並未獲得明確的確認。

再從另外一面探討一下O隧道的怪談吧。

檢驗O隧道的怪談後，發現每一個當事人都僅在隧道中目擊到幽靈，完全沒有後來遭到附身、被跟到家裡之類的情形。那麼，O隧道裡的無頭女鬼，應該算是所謂的地縛靈。

世上有人會鑽研這些奇特的主題，關於地縛靈，也有從人文社會科學的角度加以分析的論文。那就是妖怪研究家大島清昭，將碩士論文的前半部分增添修改後出版的《現代幽靈論——妖怪・幽靈・地縛靈》一書。大島研究具體事例，認爲幽靈在固定地點出沒的原因有以下三種：①曾有屍體的地點、②幽靈生前喪命的地點、③與幽靈生前關係密切的地點。

註：《学校の怪談—口承文芸の展開と諸相》（ミネルヴァ書房，一九九三年）。

這三個條件中，O隧道首先可排除②，值得討論的是①與③的情形。①的情況，如果O隧道曾短暫地出現過屍體，只是一般人不知道而已，那麼有幽靈出沒就不奇怪了。不過，即使只是短暫地出現，但隧道裡有無頭屍體，眞的可能有這種事嗎？而且不只一人，甚至多達四人，實在難以想像那會是什麼情況。

那麼，③的情況如何？大島列舉出熱愛運動的男孩女孩死後靈魂出現在運動場或體育館的例子，或人死後出現在生前居住的家中或職場的例子。換句話說，條件是靈魂對該地有所執著。若是如此，O隧道的例子就十分古怪了。強烈執著於隧道的理由是什麼？又不是死在那裡，多達四人，而且都是失去頭部的人，執著於特定隧道的理由，眞是教人想不透。

比方，雖然有可能那裡是她們的通學或通勤路線，但如果有生活圈相同的一個女孩和三個女人，都以失去頭部的方式死去，一定會在周遭引發議論。關於這一點，我去當地的圖書館查過以前的報紙，但並未查到類似的事件或事故。

由此可知，以隧道怪談的角度去看O隧道的怪談，相當不自然。我認爲這樣的不自然，正與異象發生的原因有關。

☘

這天，脇坂公平被枝野優愛找了出去。

大學已開學，脇坂忙著選課，但收到枝野的訊息「關於朧隧道的事，我想請你見一個人」，他當下便答應了。

從藤野猛那裡聽到枝野和邊見沙彩的失蹤有關的推理，脇坂就有些害怕見到枝野。他並非相信枝野就是凶手，但這個說法確實具有極大的說服力。脇坂沒膽直接對枝野提出心中的疑慮。

而藤野似乎決定靜觀其變，不打算把他的推理告訴枝野。不過，現階段仍不能排除邊見是主動失蹤的可能性，若是如此，藤野認爲隨便把事情鬧大，可能會對邊見造成困擾。

不過，包括高田雄一在內，四人一起上的課不少，碰面的機會必然很多，但脇坂覺得後來大家聊起天感覺都很僵硬。像是在互相躲避，卻又渴望找彼此討論，產生一種難以形容的距離感。

來到會合地點的大學附近的家庭餐廳，除了枝野以外，還有一名陌生女子。

女子年紀介於二十五歲至三十五歲之間，頂著一頭黑色的中長髮，服裝很隨性，牛仔褲配羽絨衣。脇坂一走近，女子便自稱是怪談作家呻木叫子，遞出名片。

「我也找了雄一，但他說有課不能來。」

枝野說著，露出不太相信的表情。脇坂也覺得高田是隨便找藉口拒絕邀約。

因爲不是用餐時段，餐廳裡沒什麼人。

三人在店內深處的桌位安頓下來，點了飲料吧暢飲。各自端來飲料後，脇坂和呻木再次簡單自我介紹。

坦白講，脇坂沒聽過呻木叫子這名作家。枝野說她是圈內人都知道的實話怪談作家。

「我和沙彩都有呻木老師的全套作品。而且，老師也是栃木縣出身！」

枝野有些自豪地說。

原來枝野和邊見都是這名作家的書迷嗎？可是，呻木和枝野的關係似乎不單純是作家與書迷。枝野馬上說明了這件事。

枝野加入一個奇妙的研究會「妖怪救世會」。救世會以約兩個月一次的頻率，主要在東京都內舉辦活動，雖然名稱古怪，但據說是個相當嚴謹的學術研究會。

枝野似乎不是出席得很勤，但她在年後參加的例會上，偶然遇見呻木叫子。呻木也一樣，雖然很早以前就是會員，卻是第一次在會上遇到枝野。研究會後的聚餐席間，枝野把在朧隧道的體驗告訴了呻木。由於老家就在該地附近，呻木十分感興趣，便四處採訪朧隧道的怪談。呻木表示，針對邊見沙彩的失蹤案，她也想聽聽脇坂和高田的說法。

「這是我的採訪方式，也算是風格，當經歷異象的人不只一名的時候，我都會盡可能請教每一個人的說法。每個人的感受和觀點都不同，對吧？有時候三個人在一起，卻只有一個人遇到奇妙的事，也有三個人都有相同體驗的情形。我想要採集每一個特徵，盡量貼近引發異象的原因。」

因此，在呻木的要求下，脇坂說出當晚自己的體驗。

呻木徵得許可後，打開錄音機，默默聆聽脇坂的說明。

「邊見失蹤的事算是怪談嗎？就只是邊見下落不明罷了吧？」

說完後，脇坂提出疑問，呻木點點頭應聲「或許是吧」。

「不過，就算是失蹤，邊見同學消失的原委，仍有令人不解之處。」

「對啊，爲什麼沙彩會在那種地方不見，簡直莫名其妙。搞不好是幽靈的詛咒。」

枝野一本正經地這麼說，脇坂看不出她是眞心的，或是裝出來的。她會不會其實知道邊見失蹤的眞相？脇坂疑神疑鬼，於是間接向枝野套話：「果然還是邊見自己消失的可能性比較大吧。」

「什麼意思？」

枝野比想像中更迅速地反應，依然看不出是眞心，抑或有所掩飾。

「沙彩幹麼要搞失蹤？」

「可能有各種理由啊。」

脇坂說完，彷彿當成是自己的想法，煞有介事地舉出從藤野猛那裡聽來的私奔說、跟蹤狂說、逃避人際關係說等等。枝野露出難以信服的表情，但呻木叫子似乎很感興趣。

「確實，脇坂同學的說法不無可能。實際上，在去隧道以前，看得出她想要搞失蹤的跡象嗎？」

「我覺得沒有。」

枝野這麼回答。

脇坂先聲明「我是不清楚啦」，接著說：

「去朧隧道那時候，剛好是春假，我們沒什麼機會碰面啊。所以就算她在春假期間發生什麼事，我們也沒辦法立刻發現。而且她應該回老家了，家裡是不是有什麼狀況，其實我們無從得知。」

「有道理。不過，就算她有失蹤的理由，選在那種地方，還是有些不自然。惡作劇的話或許是有可能，但如果她眞心想要銷聲匿跡，選擇不是跟你們在一起的時候，應該能更輕鬆地消失。」

「沒錯！沒錯！」

枝野露出虎牙，附和呻木。

「那麼，邊見是被誰帶走了嗎？」

脇坂用指頭推起眼鏡說——當然，他同時也觀察著枝野的表情有無變化。

「不清楚，現階段無法妄下定論。而且除了邊見同學以外，搞不好也有其他人在那裡消失。」

「咦？」

脇坂的背脊一陣戰慄。

除了邊見以外，還有別人在那裡失蹤？他從未想過這種可能性。

那條隧道如此不祥嗎？在脇坂看來，那只是一條鄉間隧道而已。

驀地，脇坂腦中浮現無頭女鬼的身影。

難不成出現在那條隧道的女鬼，是過去在那裡失蹤的女人們？被人擄走、砍頭，這股怨恨讓她們化爲怨靈，在隧道流連不去？然後，邊見沙彩也……

「不管怎樣，似乎都有必要再深入調查。」

怪談作家說著，露出微笑。
總覺得她的笑容非常不合時宜，脇坂心裡有點不舒服。
「那個……老師。」
這時，枝野微微舉起右手說。
「什麼事？」
「跟沙彩的失蹤或許無關，可是發生了有些奇妙的事。去了朧隧道以後，大概從隔天開始，我就做了好幾次相同的夢。」
咦？那是……
脇坂的背脊爬滿了雞皮疙瘩。
「怎樣的夢？」
呻木催促，於是枝野說起她的夢境內容。
跟脇坂做的夢一模一樣。

呻木叫子的原稿3

女大生E所經歷的，朋友在O隧道消失的事，會不會就是解開O隧道怪談之謎的關鍵？我如此認爲。因爲其他撞鬼者都只是目擊到無頭女鬼，E所經歷的，卻是朋友H在神祕的狀況下失蹤。光是這個特異之處，就值得矚目。

像這樣寫，或許會有讀者心生疑問：「H失蹤是出於自身的意志吧？當成靈異現象，不會過於武斷嗎？」但我認爲H不太可能是自行消失的。

首先，如果H出於某些理由計畫失蹤，並選擇在與朋友一起去試膽的夜晚執行，相當不自然。因爲E這群朋友一發現H不見，立刻就去報警了。這是非常理所當然的反應，H想必也能預料到這樣的發展。

因此，若是想提高成功率，選擇其他機會比較好。當時正値春假，大學沒課，光是這樣，就能移動到相當遠的地方，也能輕易去到沒有人知道的小鎭，在沒有人知道的情況下，重新展開人生。

如果H有必須在試膽的時候消失的理由，那就是想對朋友惡作劇。但惡作劇的話，應該很快就會現身，而且依這次的情況，也可以否定此一可能性。

更進一步思考，或許有人見H惡作劇躲起來，而眞的把她帶走。這種情況，最可能和H的失蹤有關的就是E。比方，H和E合謀，就能躲在E的後車廂裡。一開始兩人如此計畫，到了當天，E卻違反H的意願，讓她睡著或是昏迷，（雖然不太願意去設想）甚至是加以殺害，剝奪其自由，就能把她藏到後車廂裡。事後將無法動彈的H藏到別的地方，就能製造出H突然失蹤的樣子。

但這種程度的推理，警方似乎也想到了。因爲H的家人向警方報案後，警方立刻對E進行偵訊，當時也仔細地檢查了她的車子。

「我還一度蒙上嫌疑呢。」

E如此埋怨。

然而，警方調查E的車子，沒有發現任何可疑的痕跡和證據。此外，考慮到警方做了這樣的調查，自然也可能利用自動車牌辨識系統，追查過E的車子的行蹤。假設H已死，E用車子載去棄屍，便可評估出棄屍範圍，進行搜索。但既然目前E的嫌疑已洗清，表示這些調查都撲了空。

再說，如果E牽涉到這起失蹤案，應該不會到處向人訴說這件怪事，也不會接受我的採訪吧。換言之，推測E是清白的才妥當。

那麼，接下來將觀點從眞實犯罪轉爲超自然現象來看看。

如此一來，H主動失蹤的情況，就有可能是遭到「附身」。也就是H被某些靈體附身，離開了現場。這種情況，由於H的意識異於平常，可能不僅僅是在鋪面道路移動，而是深入杉林。

不過，根據E的說法，H失蹤不久，警方就搜索了周邊的森林。如果有人進入山林的痕跡，應該馬上就會發現。實際上也沒有找到H，所以這種可能性應該相當低。

那麼，倘若H不是主動消失，又會是什麼情形？

當然，其中可能有某人涉入。用不著說，那或許是活生生的人，也或許是某些靈體。

但直接說結論，這個方向的調查已觸礁。不管是查閱報章雜誌，還是在當地進行調查，過去都沒有人在O隧道失蹤。確實，如果有人在隧道失蹤，這件事本身就會變成一則怪談。然而，沒有這類傳聞，表示沒有發生過任何犯罪情事。調查之前我便依稀察覺這一點，重新調查後，我瞭解到這種可能性也被剔除了。

束手無策之際，E再次聯絡我。

她說想要重現H失蹤時的狀況，希望我以觀察員的身分到場見證。當事人要重現異象發生當晚的狀況，我沒有理由拒絕。而且透過此舉，也有可能爲H的失蹤之謎帶來一線曙光。

我們約好這個星期日的凌晨兩點，在O隧道集合。

當天，我向老家借了車，自行開車到O隧道。

還要十五分鐘才到凌晨兩點，但E和朋友們已把車停在隧道前面的路肩等著我。

出現在O隧道有E、W以及T。這三人是H失蹤當天來到這裡的成員。我和初會的T簡單自我介紹後，立刻開始重現當晚的情形。

這天的程序是這樣的：E站在隧道前，扮演當晚H的角色。兩個男生一起走到隧道另一邊，然後W留在原地，T穿過隧道折返。我受託站在離隧道前稍遠的位置，監視E是否有任何異狀。

「其實，H的角色讓我們兩個男生扮演也行，或許有什麼非是女生不可的理由吧。」

W推推眼鏡說道。

確實，O隧道的無頭幽靈都是女性，H也是女生，若要實驗，還是必須請E站在隧道前吧。雖然不認爲會連E都失蹤不見，但或許仍有一定程度的風險。我決定專心看好E。

此外，包括我在內的每一個人，在重現當晚狀況的期間，都要全程錄影。三名大學生用手機，我則用數位攝影機錄影（如同我多次在作品中提到的，我是個機械白痴，所以用的不是智慧型手機。攝影機也不會繁瑣的設定，全用自動模式拍攝）。

「那麼，馬上開始吧。」

W說完，和T一起進入透出橙色燈光的隧道裡。此時是凌晨兩點零五分。E拍攝著兩人，而我拍攝著她。

W和T進入隧道後，四下突然被一片寂靜籠罩，感覺黑暗變得更濃重了。我站在遠離隧道的位置，格外感受到那深沉的黑。就算這裡不是靈異景點，也教人不禁害怕。

E無所事事地在銀色愛車周圍走來走去，用手機拍攝隧道和周圍的杉林。

過了三十分鐘，凌晨兩點三十五分，我察覺不太對勁。

並不是發生了什麼事。

相反地，什麼事都沒有發生。

連T走回來的動靜都沒有。過了三十分鐘，T卻沒有走出隧道，顯然不對勁。即使慢慢地拍攝隧道裡面，十五分鐘應該也夠了。況且，這次的主要目的不是錄影，而是重現H失蹤當晚的情形。

我走到E旁邊，出聲問：「T是不是太慢了？」

「對啊，我也這麼覺得。」

E不安地看著我。

我們決定再等十分鐘，但依然沒有人走出隧道。

「要不要聯絡一下T？」

我剛這麼提議，E的手機就接到W的來電。從傳出手機的聲音，聽得出W相當激動。接聽電話的E表情也非常緊張。

E把手機按在耳邊，看向我說：

「W說T死掉了。在隧道裡。」

「我們趕快過去。」

我催促E，一起趕往隧道裡面。我和E的腳步聲在老舊的牆面上迴響著，激起詭異的焦躁感。E往前跑的時候，好像也在跟W說什麼。我快步前進，同時查看周圍有無異狀，但沒看到可疑的人影，也沒有可疑的物體。

W站在隧道的中央。

他的腳邊躺著一個穿著運動外套、疑似T的人。之所以說「疑似」，是因為那具屍體沒有頭。

和我們會合後，W掛了電話。

面對倒臥的屍體，E張口結舌。

我意外地冷靜。

由於沒有頭，屍體看起來很不真實。雖然這樣說十分冷酷，但我和T才剛第一次見面，對我來說，他形同陌生人。

屍體呈仰躺姿勢，從我這邊看過去是腳在右邊，頭在左邊。相對於隧道的路面，是橫切倒下。頭部附近大量噴濺的血跡，在橙色照明下油亮地反光。流出來的鮮血化成一大灘血泊，擴散開來。血泊中掉落著應該是T的手機，然而，四下卻沒看見最重要的T的頭。

「頭呢？」

我問，W默默搖頭。

「你從外面來到這裡的路上，都沒看到頭嗎？」

我再度確認道。

「沒、沒有。」

W驚慌失措地推起眼鏡。

我和E前來與W會合的路上，也沒看到地上有疑似人頭的物體。

「我一直在那邊等，可是過了半小時，T卻完全沒有聯絡。我覺得奇怪，進來隧道看看，發現T……」

「等一下。呃，那麼，在你發現屍體之前，都沒有任何人進入隧道？」

「對，我都有錄下來。除了T以外，沒有人進來隧道。」

「我也一直盯著隧道，沒有人進來啊。」

E說完看著我，確認道：「沒有吧？」

我點點頭，但表情應該很複雜。

隧道的出入口，分別站著E和W。T一個人進入隧道後，直到W發現T的屍體，都沒有人進入隧道。而且E和W用手機錄下了影像。當然，我也是證人之一。

換言之，在密室狀況下的隧道內，T被砍下腦袋，而且頭被帶走了。我想到「密室殺人」這個非現實的詞彙，用自己的手機打電話報警。

☘

呻木叫子報警約一個半小時後，脇坂公平、枝野優愛以及呻木三人，來到枝野的老家。

朧隧道目前仍在進行現場勘驗。

報警後約十五分鐘左右，轄區刑警便抵達現場。接著，眾人在隧道前接受問案，脇坂等人反覆說明他們深夜來到朧隧道的理由，以及發現高田雄一屍體前的狀況。脇坂和枝野的手機、呻木的攝影機，暫時都被警方扣押。警方表示檢查過錄下的影片和通訊記錄後就會歸還，但沒有說是什麼時候。

晚了一些，栃木縣警也派來搜查人員，這時抵達現場的沼尾和樋口兩名刑警，似乎和呻木認識。中年的沼尾警部看到呻木，睜圓眼睛說：「咦，老師？」年輕的刑警樋口也打招呼說：「好久不見。」

「老師在警方也有人脈，太厲害了！」

枝野對呻木投以崇拜的眼神。

「也不算是人脈吧……」

呻木的神情有些黯然，說明以前家人被捲入命案時，負責偵辦的就是沼尾警部和樋口刑警。呻木沒有進一步說明詳情，但枝野好像在新聞報導上看過那起命案，便沒有繼續追問。不知道狀況的脇坂在腦中的便條紙寫下：等手機拿回來，記得搜尋相關資料。

呻木認識縣警本部的刑警，對脇坂來說十分值得慶幸。由於狀況如此，轄區的宇賀神警部補一直用赤裸裸的猜疑眼神看著他。對於隧道的密室狀態，宇賀神警部補似乎也不重視，簡直認定第一發現者脇坂就是凶手了。

「如果眞的沒有別人進出，就是你們做了什麼。」

宇賀神警部補個子不高，但肩膀寬闊，胸膛也相當厚實。被那張鬍碴臉上布滿血絲的雙眼一瞪，脇坂立刻怯縮了。不愧是正牌刑警，氣勢嚇人。警部補還說「到署裡來談談吧」，要求他自願配合偵訊。

不過，改由縣警本部的沼尾警部接手指揮搜查後，情況大爲改觀。呻木的證詞獲得重視，脇坂和枝野的證詞也沒有完全被置之不理。

然後，枝野裝可憐地懇求：「我家就在附近，我們可以去那邊等嗎？」一般來說，這個要求應該會被駁回，但多虧呻木協助談判，警方同意讓他們這麼做。於是，脇坂等三人前往枝野家，配合警方需要，等待再次接受問案。

時間已過凌晨四點，四下仍一片幽暗，夜晚的氣息徘徊不去。雖然一大清早的，枝野的家人還是熱情地招待脇坂等人。尤其是枝野的母親，甚至爲三人準備了早餐，脇坂、枝野和呻木坐在起居室的暖桌旁，享用熱飯、味噌湯和煎竹夾魚乾。

「我們得在這裡待多久呢？」

飯後，喝著枝野泡的綠茶，脇坂向呻木問道。

「唔……至少得等到現場勘驗結束吧。而且警方一定會問好幾次話。再說，應該也要尋找高田同學的頭。」

呻木迂迴向沼尾警部探聽，得知要搜索附近的杉林，尋找被害人的頭部。

枝野變得比平常寡言。目睹高田的死，她似乎大受震驚。脇坂也一樣，朋友的死過於震撼，他難以接受現實。

「那條隧道，沒有類似岔路的地方吧？」

與其說是詢問，呻木更像是在進行確認。

「沒有岔路。」

枝野雙手捧著茶杯，盯著茶水。

「小時候我去過好幾次，而且上次花了滿久的時間拍攝裡面，確定沒有岔路。」

「脇坂同學和高田同學第一次進去隧道的時候，裡面也沒有任何人吧？」

「沒有，至少我沒看見。如果有人，因爲全程都用手機錄影，就算我漏看，我的手機或高田的手機應該也會拍到。」

「那麼，殺害高田同學的凶手，是怎麼進出隧道的？」

呻木提問，枝野立刻接話：「是詛咒啦。」

「詛咒啊……」

怪談作家意外地對「詛咒」一詞不感興趣。她以指尖摩挲下巴。

「如果那是靈異現象，高田同學就是被未知的力量切斷頭顱。可是，看看那具屍體，脖子的斷面顯然是刀刃造成，而不是被扭斷之類的。假設是用超常力量，像刀刃一樣把頭砍下來，那麼精準的ＰＫ未免太方便了。」

「什麼是ＰＫ？」脇坂問。

「Psychokinesis，也就是念力。一般都是彎湯匙、自由操縱骰子之類微小的力量。也被認爲是引發騷靈現象的力量，在這樣的情況下，會是相當巨大的力量。一般來說，這種力量是由生者發動，但也有鬼屋裡家具亂飛的例子，因此有研究者認爲死者也能發動ＰＫ。」

「喔……」

由於完全是超自然領域的事，明明是自己提問的，脇坂卻有些招架不住。

「切斷人類頭顱的力量，需要強大的ＰＫ。照理來說，隧道內應該會留下痕跡，比如燈具損壞之類。而且，高田同學的手機沒有壞掉。如果眞的有能威脅生命的靈體存在，應該會發出強烈的電磁波，所以手機會出現異常，我們的手機也會受到影響才對。爲了愼重起見，我用蓋格計數器測量了一下幅射量，但數值正常。基於這些事實，我無法將高田同學的死視爲靈異現象。」

呻木所說的內容相當脫離常識，她似乎認爲高田的死是人爲造成的。脇坂第一次知道，超自然有超自然的一套理論。而且呻木甚至帶了蓋格計數器前來，他詫異不已。

「還有一件讓人不解的事。」

呻木豎起食指說。

「什麼事？」

「凶手爲什麼要帶走高田同學的頭？」

「不是無頭幽靈想要人頭嗎？」

脇坂這麼回答，呻木蹙眉反問：

「唔……無頭女鬼會想要男人的頭嗎？而且我訪談到的對象，沒有人遇上任何變故。我不認爲幽靈對人頭有興趣，還是應該視爲有人刻意帶走的比較自然。可是，有什麼必要這麼做呢？」

短暫的沉默降臨。

枝野忽然喃喃低語：

「那眞的是高田嗎？」

「什麼意思？」

脇坂問，枝野盯著茶杯說：

「衣服跟高田穿的一樣，可是沒有頭，怎麼知道是本人？喏，就像推理小說常見的掉包詭計……」

如果眞的是掉包詭計，凶手就會是高田了。枝野明知這一點，才這麼說嗎？脇坂忍不住直瞅著她。

「關於遺體，只要進行司法解剖，是不是本人就清楚了。」呻木說。

「沙彩會不見，高田會死掉，會不會都是我害的？因爲我找大家去隧道探險，才會變成這樣……」

枝野的話最後化成了哭音。
呻木出聲安慰「不要太自責了」。
看著這一幕，脇坂感覺自己急速從現實中抽離。
邊見沙彩消失、高田雄一死去，他在枝野優愛的老家吃早飯。這一切都是幾個星期前根本無法想像的狀況。
自己接下來也會出事嗎？取代逐漸流失的現實感，模糊的不安不斷地膨脹。
如果這時候藤野猛在場，他會說什麼？他會扮演名偵探的角色，發表自己的推理嗎？脇坂公平想著身在遠方的朋友，看著在眼前哭泣的朋友，總覺得憂鬱到家了。

呻木叫子的原稿4

在O隧道變成無頭屍被發現的人，確定就是T沒錯。
至於死因，由於剩餘的軀體沒有明顯的外傷，加上現場留下的血量，推斷是頸動脈被切斷造成失血過多而死。屍體的頭部斷面沒有驗出活體反應，由此可知頭部是在死後才遭到切斷。斷頭的工具，似乎是鋸狀物品。
司法解剖的結果，T是在凌晨兩點至三點之間死亡。不過，依現場的狀況，可更進一步縮小死亡推定時刻，是凌晨兩點十分至兩點四十五分之間。這是W最後看見T，到發現T屍體之間的時間，主要是根據W的證詞以及他拍攝的影片縮小範圍。

假設T是遭人殺害，那麼凶手就是在這三十五分鐘內入侵隧道，行凶後帶走T的頭。而且是在沒有被任何人看到、也沒有被拍到的情況下……

爲了檢視O隧道的密室狀態，我請E和W把拍下的影片傳給我。

E拍的影片，不只是隧道，也拍了周圍的杉林，因此有時隧道出入口會離開畫面。但我從後方拍攝E，所以我的影片從頭到尾都拍到隧道出入口，可確定沒有人進出。

W拍的影片是從隧道入口開始。他先自拍說「我要進入O隧道了」，接著把鏡頭轉向隧道，跟T一起進入。他邊拍隧道周圍邊往前進，這時隧道內並沒有人影。兩人約五分鐘就走出隧道了。雖然也拍到了隧道外面的景色，但道路前方一樣看不到人影。不過，由於光量不足，拍不到多遠的地方。

接著畫面拍到T，T說「那我進去了」，一個人進入隧道。接著，鏡頭一直拍攝著隧道出入口整體。約莫三十分鐘之間，連一隻貓都沒有進出。

半晌，聽到W說「T很久都沒有動靜，我進去看看情況」，鏡頭進入隧道內。接著，在隧道中間一帶，拍到T倒在血泊中的身影。這時候T就沒有頭了。影片結束在這裡，接著W打電話給E。

T拍的影片作爲證物被警方扣押，無法直接看到。但我採訪了警方人員，問出影片內容是和W一起進入隧道，從另一邊出去，接著一個人折返隧道的過程。影像來到隧道中央處時，T忽然遭人攻擊，錄到他的呻吟聲。這時，影片拍到T的前方有可疑的人影一晃而過。從位置來看，那確實是T以外的人。接著，手機從T的手中掉落，畫面變黑，似乎是手機鏡頭對著落下地點的路面。

只有聲音繼續錄下去，T發出「嗚……」的呻吟聲、某人的腳步聲，接著影像戛然中斷。發現時，T的手機是關機狀態。警方認爲，凶手爲了避免留下證據，關掉手機電源。

警方徹底分析這一連串影片，確認錄影完全沒有中斷的痕跡。機器白痴的我不太懂，但聽說如果錄影期間曾暫停，即使緊接著繼續錄影，中斷的痕跡也會留在影片資訊裡。

關於這一點，我請教了任職於影像製作公司的朋友鱷口。她主要負責拍攝深夜播放的靈異企畫節目和超自然類的紀錄片DVD。她總是戴紅帽、穿紅夾克，說是爲了驅魔，並且不必要地濃妝豔抹，乍看之下年紀難以捉摸，其實是我的大學學妹。

「比方，就算用數位攝影機錄影，也可看出曾在哪裡暫停。用Final Cut之類影像編輯軟體讀取影片，軟體就會找出暫停的位置。然後，我們會以這些地方爲記號來編輯影片，重新排序，就是場記板的概念啦。尤其是電影和電視劇，不是會重拍好幾個TAKE嗎？每一次都會停下錄影機，所以影片裡會有一堆記號線。啊，有時候也會出現錯誤啦。」

換句話說，就算影片看似一鏡到底，其實可輕易查出過程中暫停拍攝，或是編輯影像的痕跡。

E的影片、W的影片、T的影片，以及我的影片，全都沒有暫停或編輯的痕跡。

那麼，有沒有可能是W事先準備了假的影片，偽裝成當天拍攝的影片？這種情況W就是凶手，爲了隱瞞自己進入隧道的事實，把準備好的假影片交給警方扣押。影片也拍到了T，八成是用惡作劇嚇人等藉口，預先請T協助拍攝。

關於這一點，我也請鱷口學妹看了影片，請她研究這種可能性。

「呻木學姊的假設不可能成立。因爲W拍的影片，一開始不是也拍到妳了嗎？」

「咦，在哪裡？」

「W先自拍，接著把鏡頭往外轉的時候，一瞬間掃到呻木學姊的臉了。他沒有按停，繼續拍攝跟同學一起進入隧道的影像，後來一次都沒有停過。如果呻木學姊沒有幫忙他拍假影片，就不可能拍出這種影片啊。」

鱷口學妹似笑非笑的表情讓我一陣氣惱，但她的分析沒錯。因此，從T進入隧道，到W發現屍體的影片，確實是當天晚上在那個地點拍的。

這下很清楚了，案發當晚的O隧道處於密室狀態。T會在如此離奇的狀況下喪命，恐怕是凶手企圖把他的死布置成像是O隧道的無頭幽靈所爲。至少它被排演成一起充滿怪奇性的事件。

不過，凶手如何進出密室狀況的隧道，這個謎團已解開。大費周章地確認密室之謎有多不可動搖、向讀者強調情況有多匪夷所思，卻突然這樣揭曉謎底，抱歉讓人期待落空了。不過，解開密室之謎的不是我，而是鱷口學妹。

我帶著拍攝的影片向她求助時，也告訴她命案的詳情了。聽完之後，她輕而易舉地解開密室之謎。多虧她的推理，我似乎知道T的頭爲何會被帶離現場了。

❧

高田雄一過世三天後，脇坂公平再次來到命案現場的朧隧道。

不是他自己要來的。今天一早，他接到警方的聯絡，乘上警方準備的車，被帶到這裡。

沼尾警部說明「我們想再次確認現場，因爲狀況實在太離奇」。抵達現場一看，除了沼尾警部、宇賀神警部補、樋口刑警等警方人員以外，還有枝野優愛、呻木叫子，甚至連藤野猛都在場。

「咦，你也被警察找來？」

脇坂推起眼鏡問藤野。

「不是，是枝野叫我來的。」

枝野叫藤野來？爲什麼？

脇坂有種不好的預感。

隧道周圍，可見零星穿著制服的搜查人員。大部分都在隧道上方的杉林，似乎正在找東西——應該是在找高田的頭。

「這下全員到齊了。警方已針對周邊的道路進行交通管制，不會有外人進入。」

沼尾警部這麼說完，不知爲何將主導權交給呻木：「那麼，老師，麻煩妳了。」

背對隧道的呻木往前跨出一步，對著在場的眾人輕輕行禮：

「好，今天我請沼尾警部召集各位前來，是爲了說明朧隧道連續發生的神祕事件。」

脇坂等人自然地聚集到呻木的周圍。

「三月底，邊見沙彩同學在這裡失蹤，就此下落不明。然後三天前，隧道裡發現高田雄一同學的無頭屍體。我準備向各位說明這兩起事件的眞相。」

「咦！」枝野驚呼一聲，跳了起來。「那麼，老師解開隧道的密室之謎了嗎？好厲害！太厲害了！」

「謝謝妳的稱讚，但說來慚愧，其實解開密室之謎的不是我，而是我的朋友，從事影像工作的鱷口小姐。」

「咦，老師的朋友好厲害。」

枝野直率地表達佩服。

「接下來，我要說明鱷口小姐的推理。在那之前，我們先確認一下高田同學過世時的狀況。那天，我和枝野同學一直在隧道的這一邊。我和枝野同學各別錄影，證明了這一邊沒有任何人入侵隧道。而隧道另一邊，脇坂同學一樣是用手機對著隧道錄影。他錄下的影像，是從這裡進入隧道，再從另一邊出去，直到發現屍體，期間完全沒有中斷的痕跡。從脇坂同學拍的影片來看，除了高田同學以外，沒有任何人進出隧道。然而，高田同學的手機，卻拍到隧道內有高田同學以外的人。換句話說，應該無人能夠進出的密室狀態的隧道裡面，其實有人。」

「那個人就是凶手嗎？」

枝野問，呻木的回答十分曖昧：「在某種意義上，是的。」

「在某種意義上？什麼意思？」

「唔，賣關子也沒用，我就開門見山直說了。高田同學應該是自殺。從狀況來看，他是用帶來的刀子，割斷自己的頸動脈。」

「自殺？」

枝野瞪圓雙眼，驚訝不已，但警方人員都維持一本正經的模樣。他們應該事前就知情了。

「太扯了吧？如果高田是自殺，他的頭跑哪去了？」

藤野交抱著雙臂問，瞪向呻木的眼神十分凌厲。

「被在場的另一個人帶走了。那就是高田同學的手機拍到的人。在那個人的協助下，高田同學的自殺被僞裝成了他殺。」

呻木話聲剛落，隧道便吹出一陣風。

不知爲何，脇坂覺得那是高田雄一的嘆息。

「那麼，我依序説明。隧道另一邊，脇坂同學你們的朋友預先在那裡等待。從隧道這裡進入的脇坂同學和高田同學與那個人會合。那個人一直站在鏡頭的死角，可能是躲藏在隧道出口旁的森林裡。脇坂同學和高田同學的手機拍攝隧道前方的道路時，那個人避開鏡頭，溜進隧道。」

「確實，這麼做就不會被手機拍到了。」

枝野「嗯、嗯」點頭。

呻木叫子繼續推理。

「他們想必來這裡預演過好幾次。鱷口小姐說，要執行這個詭計，各人的走位、鏡頭的方向、進入隧道的時機等等，需要相當縝密的討論。」

呻木瞄了脇坂一眼，脇坂默默地回望。

「確定協助者順利進入隧道，移動到鏡頭外的位置後，高田同學也進入隧道。來到中間地點時，他假裝遭受攻擊，丟下手機。這時稍微拍到協助者，也是爲了掩飾高田同學是自殺的事實。接下來，高田同學用帶來的刀子自殺，由協助者鋸下頭部。發現高田同學的屍體之前，有一段滿長的空檔，足以完成這些事。」

「那個，呃……協助者？不會是那個人殺了高田嗎？」

枝野提問，呻木回答：

「我認爲可能性很低。至少高田同學選擇自殺是事實，否則現場應該會有更多抵抗的痕跡，殺人的一方，也會被噴到相當多的血。高田同學拍到的影片中，也沒有呼救的聲音。」

「這樣啊……」

枝野露出失落的表情。

「布置好他殺的僞裝後，協助者把高田同學的頭部和凶器放進塑膠袋之類的東西，暫時離開屍體。這條隧道呈現稍微彎曲的弧度，所以應該是退到那裡了。」

「爲什麼？」

枝野問。

「因爲脇坂同學要一邊用手機錄影，一邊走進來。如果繼續待在屍體附近，可能會被拍到。然後，到了約好的時間，脇坂同學便進入隧道，依照預定計畫佯裝發現屍體。然後，脇坂同學聯絡枝野同學，跟我們會合。這段期間，共犯帶著高田同學的頭和凶器，火速離開現場。如果是騎自行車，尤其是公路自行車，就不會有引擎聲，而且能以相當快的速度逃離現場。」

「請、請等一下！」

脇坂出聲。

「依呻木老師的推理——」

「不是我的推理。是鱷口小姐的推理。」

是誰的推理都無所謂！脇坂接著說。

「這樣推理，豈不是在說我就是凶手嗎？」

「因爲是自殺，我不知道稱爲凶手是否妥當，但我認爲你和那位藤野同學確實參與了這次的事。」

脇坂望向藤野。藤野沒有回應，只是瞪著呻木。

呻木繼續說下去：

「接下來是我的看法，高田同學的頭部會被帶走，不光是爲了掩飾自殺，還有一個非常重要的理由。」

「重要的理由？」

沼尾警部頗感興趣。

「是的。這個理由，也是引發這次事件的動機。」

啊，這位怪談作家已識破一切。

脇坂悟出這一點，頓時感到全身虛脫。

「他們的目的，應該是想找到失蹤的邊見沙彩同學。高田同學他們認爲，與邊見同學本人或是她的失蹤有關的線索，就在朧隧道附近的杉林裡。警方雖然搜索過一次，但很快就結束了，或許有所遺漏。爲了讓警方再次進行大規模搜索，他們計畫了這次的事件。只要高田同學的頭從現場消失，警方無論如何都必須動員尋找才行。」

「就爲了這種理由，高田雄一選擇自殺？」

宇賀神警部補看著脇坂和藤野，流露不可置信的眼神。

脇坂沒有吭聲。

這種理由……

這麼一說，確實如此。爲了找到邊見沙彩，計畫自殺，並要求朋友幫忙砍下頭顱帶走。經旁人指出，這確實是極爲異常，或者說是蠢到不行的動機。然而，直到此刻，脇坂都不曾對高田自殺的理由感到疑問。

是高田主動提議的。他說只要是爲了找到邊見，會不擇手段，然後向脇坂和藤野吐露了這個計畫。看到高田那想不開的表情，不知爲何，脇坂覺得這麼做是天經地義的。藤野也沒有制止，所以他和脇坂有相同的想法嗎？

可是，如今重新思考，脇坂**完全想不透為何當時會覺得高田的計畫是天經地義的**。怎麼會絲毫不抱疑問，就幫忙高田的計畫？脇坂不懂自己在想什麼。

脇坂不安起來。就像自己當中還有一個自己，感覺很怪。

望向藤野，他也一臉蒼白地回望。藤野一定也不明白，自己怎會做出那種蠢事？

沼尾警部轉向藤尾，問道：

「藤野同學，你有公路自行車，對吧？」

藤野沒有回答。

「如果發生了呻木老師描述的事，你的車可能會沾到高田同學的血液。鑑識人員檢驗一下血液反應，馬上就會知道。接下來，我們要調查你租的公寓。」

藤野彷彿沒聽進沼尾警部的話。他的嘴巴抿成一字形，微微顫抖著。

「脇坂同學，你的住處也一樣。」

反正住處沒有任何證據，但聽到沼尾警部這麼說，脇坂明白自己已無法脫身。

就在這時——

隧道上方傳來叫喊聲：「找到了！」

找到什麼？

高田雄一使用的刀子、割下他的頭顱的線鋸，還有他的頭，都不在這裡了。藤野應該已把東西藏在高田指定的地點，那片森林裡不可能有任何證據。

沼尾警部下達指示，樋口刑警立刻登上斜坡，跑到隧道上方。

「好像找到了。」

聽到沼尾警部的話，呻木點點頭：

「那麼，我接著說明邊見沙彩同學的失蹤案。在此之前，有必要簡單交代一下，爲何我會對這條隧道的怪談感興趣。」

呻木說，雖然此地出現多達四名無頭女鬼，朧隧道卻未發生過造成死亡的事故或事件，她覺得很不自然。既然實際上有人在這裡遇到怪事，無頭幽靈出現必定有原因。雖然是相當脫離現實的話題，沼尾警部等警方人員都一臉認眞地聆聽。

「據說，固定有幽靈出現的地點，通常有三個條件：①有屍體的地點、②幽靈生前死去的地點、③死者生前密切相關的地點。最典型的例子，就是以墓地爲代表的①這種有屍體的地點。我原本以爲沒有發生過事故或事件，便不符合這個條件，但如果附近有尚未被人發現的屍體，情況就不同了。也就是反過來思考。因此，我拜託沼尾警部，請尋找高田同學頭部的人員，也同時找找有沒有被埋起來的屍體。」

「找到了嗎？」枝野問。

「沒錯。」

這時，沼尾警部的手機接到聯絡，似乎是樋口刑警打來的。掛斷電話後，他向全員報告：「找到的是一具無頭的白骨屍骸。死後應該過了很多年。」

「可是，這跟邊見的失蹤有什麼關係？」

提問的藤野，臉色還是很差。

「傳聞這條隧道會出現一個無頭女孩和三個無頭女人的幽靈。換句話說，依據地縛靈形成的條件，應該還會找到三具屍體才對。這種情況顯示，有無頭屍陸續被棄置在此地。」

脇坂感覺朧隧道的形影不祥到了極點。

他做夢都沒想到，這條看似隨處可見的老舊隧道附近，竟埋藏多達四具的無頭白骨屍骸。

「你們去試膽那天晚上，碰巧棄屍犯來到了這裡吧。當然，來到這裡，是指開車載來新的屍體，也就是第五個被害人。當時，邊見同學不幸遇到凶手。因爲是來棄屍，不能被任何人看到凶手本人或車子。作案好幾年——搞不好長達數十年，事跡都沒有敗露，卻被邊見同學看到了，過往的罪行或許會因此曝光。於是，凶手放棄處理第五具屍體，當下決定帶走邊見同學。」

「怎麼這樣……」

聽起來枝野快哭了。

「凶手是熟悉這一帶的人嗎？」

宇賀神警部補問，呻木側頭回應：

「這不好說。我的老家那一帶也一樣，栃木縣北部的這個地區，比起縣內，感覺更像是首都圈的人會來棄屍的地點。」

對於這番話，沼尾警部表示同意：

「唔，確實有這樣的傾向。不過，這麼一來，搜查的範圍就得大幅擴大了。」

沼尾警部和宇賀神警部補都顯得束手無策。

面對變得過於巨大的犯罪樣貌，脇坂公平不知所措，雞皮疙瘩頓時爬滿全身。

呻木叫了的原稿5

如同我的預測，O隧道周邊找到共計四具化成白骨的無頭屍體。最古老的是年紀尚幼的女孩，死後似乎經過相當久的歲月。其餘三具屍體，據說都是年輕女性。

栃木縣警針對此　棄屍案成立搜查本部，並增派人員調查失蹤的H的下落，展開搜索行動。但考慮到距離有人在隧道第一次目擊到幽靈，已過了約二十年的時間，要破案感覺困難重重。

O隧道的T死亡案件真相揭曉後，涉及命案的F接受警方詳細問話。結果如同F供稱的，T的頭顱在縣內的水壩底部找到了。據說，頭顱放進裝有重物的盒子，沉入水中。同一個地點，也找到T自殺使用的刀子，和割斷頭顱使用的線鋸。這些物品的丟棄地點，是T生前指示的。

F和W似乎都順從地配合偵訊。奇妙的是，參與行動的兩人，都不明白自己怎麼沒有反對T的自殺計畫，還積極協助。不，T怎會提出那麼荒謬的主意，他們也不明就理。

不過偵訊期間，F和W都說他們做了一樣的夢。兩人主張，連過世的T也做了一樣的夢。警方並不重視這件事，但我認爲那個夢，就是驅使包括T在內的三人做出異常之舉的原因。因爲E也夢到了和兩人供述的完全一樣的夢境。

據說，那是在隧道裡找東西的夢。然而，一旦醒來，就會忘記具體上是在夢裡尋找什麼。四名大學生似乎都認爲是在尋找消失的H。

但我認爲應該不是。

他們在夢中尋找的，是不是在O隧道附近發現的白骨屍體？由於H忽然消失，他們在附近來回找了好幾次。我認爲那**反覆搜索**的行爲，和希望自己的屍體被人發現的亡靈產生感應，才會讓他們做了如此奇妙的夢。果眞如此，T會計畫自殺，或許是隧道亡靈們的意志促成。

說到這條O隧道，由於H失蹤，加上T自殺，以及白骨屍體重見天日，如今已成爲全國炙手可熱的靈異景點。雖然無頭幽靈的目擊報告並未增加，但網路上出現許多探訪O隧道的影片。

「好像變成不得了的事。我老家附近的道路也鬧哄哄，半夜都有一堆車子呼嘯來去，吵得要命。」

E在電話裡這麼說。

後來，我也去過O隧道幾次。由於是白天，沒遇到試膽的人，不過我看到隧道入口和裡面有人供上鮮花和飲料。過去是只有內行人才知道的靈異景點，現在似乎變成通俗的鬧鬼景點了。

然後，雖然不多，又出現了新的異象。

住在日光市的A，某天開車經過O隧道。

A載著女友，前往宇都宮地區兜風約會。玩了一天後，回程A懷著輕鬆的心情，繞路從O隧道回去。

「O隧道之前發現被遺棄的屍體，對吧？不可怕嗎？」

女友嘴上這麼說，卻一點害怕的樣子都沒有，反倒顯得好奇萬分。她操作著手機說：「來拍個影片好了～」

開到O隧道前面時，爲了炒熱試膽的氣氛，A緩緩駛進隧道。女友打開車窗錄影。

車子來到隧道中段時——

車內音響突然自己打開了。

A嚇了一跳，踩下煞車。

「怎麼了？怎麼了？」女友也慌了手腳。

下一秒，車子近旁冒出一個無頭的人。

A發出慘叫，踩下油門，逃離現場。

「那是一個穿運動夾克的男人，連他脖子上流的血，我都看得一清二楚。」

從此以後，A再也不敢靠近O隧道。

看來，T還在隧道裡徘徊不去。

另一方面，目前尚未聽說在隧道外目擊到新的女鬼。

我只能再次祈禱H平安無事。

泥濘坡怪談

時隔十三年，我再次來到泥濘坡前，不祥的預感鋪天蓋地而來。

水田環繞的風景、鎮坐在對面的小山、零星散布的民家，所有的一切都一如過往。就連這宛如沉澱般深厚沉重的空氣都毫無改變。聽說東日本大地震時，這附近也有房屋受損，部分道路柔腸寸斷。但如今出現在眼前的泥濘坡，絲毫看不出這類傷痕。我彷彿身處被時間拋棄的地點，莫名浮躁不安。

回想起來，過去來到此地的我，並非怪談作家呻木叫子，而是主修民俗學的大學生梅木杏子。當時我眞心想考上研究所，成爲研究者。做夢也沒想到後來竟成了個搖筆桿的。

時間已是黃昏，坡道各處湧現氤氳的黑暗。六月下旬梅雨放晴時的夕陽意外地刺眼，反射在綠色稻株整齊並列的田地水面上。鴉啼聲、蛙鳴聲，以及遠方防災廣播喇叭傳來的報時音樂聲。

「泥濘坡」並非地圖上記載的正式名稱。此地是福島縣黑河町一處叫淵窪的地區，泥濘坡是居民代代相傳的俗稱。

傳說此名的由來有兩個。一個是因爲此坡會出現「妖怪」。也就是來自江戶時代的戲劇中，幽靈現身時的配樂「嗶~咚隆咚隆」的「咚隆咚隆」，與「泥濘」同音（註）。泥濘坡的傳說幾乎都是口耳相傳，但有妖怪出沒這件事，明治時期的文獻已有片斷記載。

另一個由來，則是源於妖怪本身。據傳，出現在坡道的妖怪（居民多半都簡稱其爲「妖怪」，但因爲是死者現身，正確地說，應該算是幽靈的一種），就像塗滿了泥巴，全身漆黑。由於有渾身泥濘的妖怪出現，所以叫泥濘坡。不管怎樣，都是居民避之唯恐不及的地點。

然後，這條坡道上，有我的朋友望月法子出生成長、至今仍生活在其中的家。

我和望月法子是茨城縣一所大學的人文系所同窗。我主修民俗學，她主修語言學，儘管科系不同，但感情非常好。我們互稱「小梅」、「望望」，在修完研究所的碩士課程之前，幾乎都形影不離。當初泥濘坡的怪談也是法子告訴我的。

大三的暑假期間，我針對泥濘坡的怪談做了訪談調查，一直斷續進行到大四暑假。拜這份田野調查之賜，我順利完成畢業論文。而且調查期間，法子的父母好意讓我寄宿望月家，對於身爲窮學生的我來說，幫助極大。

附帶一提，讓我獲得實話怪談文學獎的短篇小說獎，並成爲出道作的〈D坡的怪談〉，也是基於泥濘坡的訪談調查結果寫成的作品。因此，對我而言，這無疑是個意義特殊的地點。

法子結婚、我搬到東京以後，由於物理上的距離變遠，見面的機會少了許多。往往

註：日文中，歌舞伎鼓聲的狀聲詞，與形容泥濘狀的擬態詞，皆同爲「ドロドロ」（DORODORO）。

一個月只互傳幾次訊息，而且都類似近況報告，沒什麼實質內容。
今天早上，我久違地接到望月法子的來電。
前天剛去愛媛縣採訪，我的疲勞尚未恢復，接到電話時，還躺在床上。我睡眼惺忪地應一聲：「喂？」電話彼端傳來的法子顫抖的聲音。
幫幫我，我兒子遭到神隱了。
一般來說，這句話或許會讓人一笑置之。但我深知泥濘坡的特殊性，回覆「我立刻過去」，隨即收拾行囊，衝出公寓。接著，我搭乘私鐵、JR、新幹線，再次換乘私鐵，總算抵達黑河町。
是否眞的發生了神隱，現階段仍無法判斷。但泥濘坡有種魔力，讓人覺得即使發生這種神祕的現象，也一點都不奇怪。
我爬坡前往望月家，憶起第一次造訪此地的情形。

呻木叫子〈D坡的怪談〉1

當時是五月初旬，某天悶熱的中午。我站在D坡的中途，仰望正面綠意盎然的山地。

福島縣南部，有個F地區。D坡位於F地區的北側，是一條水田夾道的細窄農道，勉強可容兩輛轎車交會。龜裂的柏油路面上，掉落著乾掉的蚯蚓屍體。

插秧完畢的水田裡，嫩綠色的矮稻隨風搖曳。一片淡黃綠色的水田上，微風吹出的稻浪描繪出魚鱗般的紋路。蛙鳴聲響徹四下，近乎刺耳。

F地區四方群山環繞，充滿閉塞感。D坡因爲眼前就是一座綠色小山，更讓人感覺天空狹窄。

朝著山上走去，路旁間隔著一定的距離，建有三戶人家（各自應該相距近一百公尺）。坡道平緩，但來到山腳處，坡度突然變得陡急起來。只見未鋪面的碎石子路上，留有車子駛過的痕跡。

爬上樹木蓊鬱的小路後，來到稍微平坦的地方。那裡是聚落的共同墓地。墓地總共分爲八區，有一半的墓碑意外地新，每一座幾乎都是用大谷石圍起。學生時代，我便經常爲了進行民俗調查造訪墓地，但一踏進這裡，烏鴉忽然呱呱亂啼，實在惹人心煩。

在町公所上班的M，出生於昭和三十二年（一九五七年）。

小學的時候，M曾和一群朋友去D坡試膽。

「當時應該是暑假，我們在河邊玩耍，有人聊到D坡上面的墓地有妖怪出沒，大家就起鬨說要去看。」

於是，包括M在內，共五名男孩一起前往D坡探險。M不記得正確的時刻，不過是盡情在河裡游泳玩耍之後，「大概是傍晚四點到五點左右吧」。

M一行人爬到D坡上的共同墓地，等待妖怪現身。其實M和朋友們也不曉得那裡會出現什麼，只是單純地想去試膽而已。

「因爲爺爺說在墓地看過鬼火。」

由於還沒到掃墓祭祖的盂蘭盆節，墓地雜草叢生，一派荒涼。卒塔婆（註）泛黑，供在墓前的花都枯萎了。M說當時全是些老舊的墓碑，景色益顯荒蕪。

雖是傍晚，但時値盛夏，日頭仍高，身在炙人的熱氣裡，嘩嘩蟬聲自頭頂傾注而下。M漫不經心地想著：「希望不會遇到雷雨。」因爲前一天才剛下過激烈的午後雷雨。

一群人不曉得在墓地待了多久。當然，什麼事都沒發生。

因爲等得膩了，一個朋友說：「我們回去吧。」

這時，墓地另一頭的森林深處傳來某些東西的沙沙活動聲。

「啊……」

一個人望向那裡，頓時一僵。

M循著朋友的視線望去。

那裡站著一個漆黑的人。

那人彷彿全身泥濘，唯獨一雙眼睛莫名地白亮，M感覺背脊發寒。

不曉得是自己發出的尖叫聲，還是朋友的尖叫聲，總之尖叫聲一響起，M一行人便從D坡落荒而逃，跑回家去了。

隔天，M發高燒病倒。

「我覺得是妖怪作祟。」

M苦笑著說。

「如今回想，去河裡玩水之後，沒擦乾身體就跑去墓地，應該是著涼感冒。可是，那個時候我真的嚇壞了。」

當時還是孩子的M真心相信是妖怪作祟。一想到在墓地看見的妖怪，他就嚇得魂飛魄散，甚至暗想：「搞不好我就要死掉了。」

不過，要是說出跑去墓地試膽的事，恐怕會惹來父母一頓痛罵，M只好若無其事地向祖父打探D坡出現的妖怪。

M的祖父眨著眼睛，這麼說道：

「那片墓地以前有個投屍井。死掉的馬、路倒的旅人之類，全都會拋進那口井裡。

註：一種塔狀木牌，立於墓碑後方，上書梵字、經文、法名等，用以供養死者。

爺爺小的時候，那口井還在。」

換句話說，在D坡出沒的，是葬在那口投屍井裡面的旅人等孤魂野鬼。投屍井放置不管很危險，之後就塡起來了。M的祖父說，眞的有人在幫墓地除草的時候掉進那口井裡，受傷或是遭到作祟。

聽到這件事，M膽戰心驚地過完剩下的暑假，結果直到現在都平安無事，活得好好的。

E家的墓也位在D坡上的墓地。

E生於昭和十年。E的老家位在聚落裡商店林立的道路上，代代都是魚店，從E這一代改做餐廳。如今店裡由兒子和兒媳經營，孫子也結了婚，一起幫忙店內生意。E形同退休，逍遙地過日子，每天都陪曾孫玩耍。

E的身體十分健朗，卻極爲排斥去墓地。

「聽說，以前那裡有一口投屍井，有妖怪出沒，不可一個人去那裡。」

那是E還在當餐廳老闆時的事。正確年代不清楚，但當時兒子還沒有出生，所以是距今約五十年前的事。

爲了在彼岸（註）前清理墓地的雜草，E和妻子一早就前往墓地。因爲家裡開餐廳，必須備料，無可避免得一大清早就去除草。

因爲是春季的彼岸，天色仍一片陰暗。

E聲明「如今都這把年紀了，我才敢說」，坦承自己非常膽小。但當時在妻子面前，他實在不願示弱，因此一邊哄著自己，一邊開著小卡車前往墓地。

E家的墓碑是在二十五年前翻新的，當時包括E家的墓碑在內，全是生了苔的老舊墓碑。周圍的景色也一片模糊，陰陰森森，似乎會有什麼鬼怪出現。

E夫妻幫自家墓區除草時，林中傳來人聲。

起初，E以爲是鳥叫聲。天色這麼黑，卻有鳥叫，實在奇怪。而且斷斷續續傳來的，似乎是女人的聲音。E表示，那聲音聽起來就像在問：「……嗎？……嗎？」

妻子面色蒼白地問：「你聽到了嗎？」E驚嚇過度，說不出話，只能點頭。

兩人僵硬地靜觀其變。這時，林間走出了一名年輕女子，和E夫妻之間距離約莫五公尺。女子穿著和服，或者說衣襬很長的粗布衣物，頂著蓬亂的長髮。那張臉異常白皙，美得令人心驚。

「我那口子的臉，得湊上去才看得見，那女人的臉卻看得一清二楚。」

換句話說，依當時的天色，就連要看清楚妻子的臉，都必須靠得很近，那女人距離遙遠，卻能明確地看出五官。

註：日本人在春分及秋分掃墓祭祖的活動。

女子以尖細又嘹亮的嗓音，不停說著：「在嗎？在嗎？」

E覺得那絕對不是活人。

並不是說女人沒有腳，或是身影呈半透明，但E就是不認爲那是活物。

女子在墓地裡徘徊了一陣子。寂靜的墓地裡，只聽聞女子踩過枯草的聲響。E和妻子都很想逃走，身體卻彷彿定住了，動彈不得。

就在這當中，女子倏然消失無蹤。

消失之後，「在嗎？在嗎？」的聲音仍迴盪不去。

如此異常的遭遇把E夫妻嚇得六神無主，兩人丟下除草工作，倉皇跳上車子，立刻回家了。

從此以後，即使得延後店裡備料的時間，E也絕對不會天還沒亮就去墓地。

「那應該是在找誰吧。」

E這麼說。

「找誰？」

「那女子說的『在嗎？』，我覺得是在問『某某在嗎？』。」

我接著問：「您知道她是在找誰嗎？」「有沒有聽過相關的傳說？」遺憾的是，E毫無頭緒。

E認為，那個女鬼可能是在尋找被棄屍在投屍井裡的某人。

☘

「咦，這不是呻木小姐嗎？」

坡上忽然有人叫住我。

抬頭一看，前方站著一名穿灰色外套的男子。堅硬的髮質和下巴鬍鬚讓人聯想到獅子，藉著這些特徵，我認出對方是作家陣野眞葛。他最近主要在超自然雜誌和怪談雜誌寫些當地報導，在廣義上算是我的同行。

陣野旁邊跟著一名年輕女子。女子眼尾飛揚，黑上衣搭配黑牛仔褲的穿著，讓人聯想到黑貓或是黑豹。陣野介紹女子名叫十和田彩葉，是個攝影師。她的名字我有印象，主要是拍攝廢墟、命案現場、靈異景點之類的風景照。

「呻木小姐也是來採訪嗎？」

「不是。陣野先生是來工作？」

「對。現在社群媒體上，這道坡成了當紅話題。我接到《MO》（註）編輯部邀稿，從上個月起，偶爾就過來看看。今天是請十和田幫忙拍攝附近的照片。對了，呻木小姐

註：影射日本知名的超自然雜誌《ムー》（MU）。

的作品也引發熱議，妳不知道嗎？」

「不知道。」

我是機械白痴，也是網路白痴，不經營也不看社群媒體或部落格。到現在仍使用傳統型手機，而非智慧型手機。倒不如說，要我換智慧型手機，我情願乾脆放棄手機。我對機械就是如此不在行，或者說感到排斥。

陣野眞葛說，住在當地的國高中生把泥濘坡的怪談上傳到社群媒體，被大量轉傳，受到各個世代的怪談狂熱者的矚目。寫〈D坡的怪談〉時，我模糊了實際的地點，但知道這個地方的人一讀，應該一眼就能認出是在寫泥濘坡。因爲這樣，連我的作品都重新被人挖出來閱讀了。

「目前我住在底下的公民館，如果有什麼事，歡迎隨時來找我。」

陣野這麼說完，便和十和田一起下坡。

望月家是泥濘坡上的三戶人家裡，位於最上面的一戶。住家是木造雙層建築，土地裡有雙層的石造倉庫和儲藏間，加上車庫，是這一帶典型的兼職農家住宅。我從小門踏進土地時，一隻白貓穿過庭院。

我還沒按下玄關門鈴，拉門就先打開了，令人懷念的望月法子出來迎接我。她看起來非常憔悴。畢竟心愛的兒子失蹤了，這也難怪。

法子看到我，說「謝謝妳趕來」，勉強擠出微笑。那模樣實在教人心痛無比，我還沒放下行李，就先緊緊擁抱法子。法子無聲地哭了起來，我忍不住跟著落淚。

可能是看不下去，從玄關現身的法子父母催促「好啦、好啦，先進來吧」。時隔十三年，我再次踏進望月家。

一般來說，人對自家的味道都很遲鈍，對別人家的味道卻很敏感，但望月家的氣味和我老家的很像。來到這裡以後，我第一次湧現懷念的感覺。

法子和父母、丈夫以及失蹤的兒子五個人一起住。法子有個小她四歲的妹妹，在磐城找到工作，一個人在那邊生活。

我被帶到客廳，坐在L形象牙白沙發上。客廳和飯廳、廚房相連，視覺上很開闊。等法子端來紅茶，在沙發坐下，我立刻詢問詳細情況。

「是上星期的事……」

法子喝了一口紅茶，娓娓道來。

法子的兒子光輝就讀小學一年級。法子的母親說，一週前的星期五，光輝做完功課，在庭院跟貓玩耍。就是我剛才看到的白貓，原本是野貓，不知不覺間在望月家定居下來。現在望月家每天都會餵牠，白貓也算是親人，家人都很疼牠。

當天，去當計時人員的法子下班回來，看到光輝在庭院跟貓玩。法子和他說了句話，就去準備晚飯。

到了晚上六點，法子注意到一個細微的異狀。每週五的這個時間，光輝都一定要看卡通。但卡通開始播了，客廳電視機前卻不見兒子的身影。

「小輝，卡通開始嘍！」

法子朝家裡呼喚，沒人應聲，光輝也沒有要過來的樣子。難道還在庭院跟貓玩？法子從客廳窗戶往外看，卻沒看見兒子的身影。

法子心生不安，趿上拖鞋前往泥濘坡。她一邊呼喚兒子，一邊查看坡道上下，但沒有像是兒子的孩童身影。

「接著，我和爸媽分頭在附近尋找，但都找不到人。」

為了慎重起見，也去了坡上的共同墓地找人，可是光輝也不在那裡。而且光輝生性膽小，絕對不敢在天黑以後靠近墓地。

他們向平時就相處融洽的泥濘坡上的其他兩戶人家——若田家和矢吹家說明情況，但兩家都說沒看到光輝。兩家人都很疼光輝，所以十分替他們擔心。

「大樹提前下班回來，然後我們立刻就報警了。」

大樹是法子的丈夫。現在是黑河町的農協職員，比法子大兩歲。我見過他幾次，是個氣質纖細的人，瞇起眼鏡底下的雙眼、沉穩微笑的表情讓人印象深刻。

「警方和消防隊幫忙搜索了這一帶，還是找不到光輝。警方說可能被捲進某些犯罪了。」

提到犯罪，就讓人聯想到綁架。過了一星期，卻沒有接到贖金的要求，表示不是綁架勒贖。那麼，是變態抓走了光輝嗎？但會那麼剛好，看到有個在自家庭院玩耍的孩童，能夠不留任何痕跡，就成功把人抓走嗎？法子用了「神隱」一詞，光輝的失蹤，確實有許多令人費解之處。

我想起今年春季遇到的奇妙失蹤案，一名女大學生突然從山路上的隧道前消失無蹤。靈異景點這樣的地點性質，與這次光輝的事件很相似，但那起事件，還有自發性失蹤的可能。

然而光輝的失蹤案，感覺極不現實，讓人懷疑眞的是活生生的人幹的嗎？

「如果抓走光輝的是人，只能仰賴警方。但那天附近的人都說沒看到可疑人物，我的目光只有離開光輝一下子而已。如果庭院發生了什麼事，就算待在廚房，應該也會注意到。所以，我懷疑光輝是被在坡上出沒的東西給抓走了……」

所以，我才會被找來。法子不願相信光輝被捲入犯罪了吧。心愛的兒子被充滿惡意的人帶走，這不是能夠輕易接受的事實。於是，法子在泥濘坡出沒的妖怪之類超自然存在當中尋求原因，在精神上逃避，這是我的分析。而我身爲朋友，只能盡力回應法子的期待，即使那僅僅是一種心理慰藉。

「我知道了。我這邊會調查一下。」

「拜託妳了。妳要在我家住多久都行。」

法子緊緊握住我的手。我也回握她的手，點點頭說好。

「對了，剛才我遇到認識的作家。」

「哦，陣野先生嗎？」

「嗯。」

「他來過我家好幾次，是我媽招呼他的，但因爲發生了光輝的事，便拒絕了他的採訪要求。」

「陣野先生說他住在底下的公民館。」

「這樣啊。現在是隔壁的若田先生當區長，之前陣野先生來的時候，似乎和若田先生變得滿好的。若田先生說，這次是特別把公民館的鑰匙借給他。」

若田我很熟悉。就讀大學期間，我向他請教過怪談。當時他的妻子幸世也很照顧我。

公民館雖然沒有浴室，但有廁所和廚房，空調、冰箱、微波爐、電視機等家電也一應俱全。坡區的居民會去那裡開會、準備祭典，育成會也在那裡舉辦兒童活動，還有新年會、尾牙等等，一整年下來，意外地使用機會很多。目前沒有任何活動，就算陣野睡在那裡似乎也沒問題。附帶一提，由於獨居的高齡長者陸續過世，坡區的戶數逐年減少，公民館的使用頻率似乎也比過去減少了許多。

「這次陣野先生是什麼時候來的？」

「呃，大概三天前吧。我的心思都放在光輝的事情上，沒什麼印象。」

如果陣野是三天前來到淵窪，和一週前發生的光輝失蹤案似乎就無關了。

「陣野先生是來上作的，但最近很多年輕人半夜跑來泥濘坡，說是試膽，週末有時候吵吵鬧鬧的。之前有一次實在吵到不行，我爸還報警了。」

「那白天呢？白天有看到那一類的人嗎？」

「我白天要上班。」

「對喔。」

那法子就不清楚了。

「可是我媽說，有時候會看到陌生人爬坡上來，脖子上掛著相機，好像在到處拍照。光輝不見的時候，我們也告訴警察這件事了。」

在當地居民的眼中，造訪靈異景點的人一定相當可疑。而且坡上的共同墓地是私人土地，應該是禁止外人擅入的，但外地人似乎不理會這些規矩。

不過，不太可能是這類人帶走光輝。即使碰巧順利把人帶走，要在不熟悉的土地，避開他人耳目，帶著一個小孩移動，恐怕困難重重。

看看時鐘，馬上就要晚上六點了。我決定久違地去看看泥濘坡的狀況，向法子說一聲就出門了。

天色已暗下來。天上沒有星星或月亮，而是沉重的烏雲罩頂。

「這給妳。」

法子借了ＬＥＤ手電筒給我。

我看了一眼泥濘坡上方，這種時間獨自去墓地，還是教人卻步。於是，我決定下坡。剛剛才走上來而已，但只是天色轉暗，氛圍便大相逕庭。比起白天，蛙類的合唱聽起來格外響亮。

望月家和隔壁的若田家相隔將近一百公尺，中間沒有半盞路燈。可能是這個緣故，若田家和再過去的矢吹家的燈火顯得分外明亮。

就在我經過若田家前面時，一個牽著白狗的男子迎面走來。

「晚安。」

我主動打招呼，對方訝異地回應：「晚安。」聽到那聲音，我認出對方是若田家的現任家主洋司。

「好久不見了。」

「咦，妳是小梅嗎？」

「對。」

受到法子的影響，包括若田在內，這附近很多人都叫我「小梅」。

「哎呀，真的好久不見了。那時候妳還是學生嘛。又是來做採訪嗎？」

「不是，是望月家找我來的。」

聽到這句話，若田似乎察覺了緣由，「哦」了一聲，神情黯然。

「我也好擔心小光啊。」

「光輝不見那一天，你也是在這個時間帶狗散步嗎？」

「啊，嗯。我每天大概都這個時間去遛狗。」

這時，若田的狗似乎再也按捺不住，用力拉扯牽繩，想要進入庭院。

「喂喂，小白，等一下啦。」

「抱歉，耽擱你了。」

「不會、不會，哪裡。對了，如果妳不趕時間，要不要進來坐坐？內子看到妳會很開心的。」

難得對方邀約，拒絕實在過意不去，於是我恭敬不如從命。

若田把小白帶到主屋隔壁的儲藏室兼車庫。感應器反應，明亮的燈光乍然亮起。儲藏室兼車庫裡，停著老舊的小卡車和銀色轎車。狗屋約莫是在儲藏室旁邊。

若田洋司現在和妻子幸世兩個人住在一起。若田的母親罹患失智症，去年送到養老院了。兩個兒子已搬出家裡，各自有了家庭。

若田幸世熱烈歡迎突然上門的我，笑逐顏開地說：「啊，妳怎麼跑來了？嚇我一跳！」

被帶進熟悉的起居室，隔著矮桌和若田夫妻面對面而坐，我感覺到十三年的歲月流逝。第一次見面時，兩人都是五十多歲，如今已年過六旬。幸世染了頭髮，跟印象中差不多，但洋司的白髮增加不少，看起來蒼老許多。

原本是兼職農家的若田家，在洋司屆齡退休後，夫妻專職務農。主要是種稻，田地和溫室也種菜，收成批發給附近的公路休息站。據說假日會開著小卡車，多趟往返送貨。

「我們都有看小梅妳的書喔。」

若田洋司這麼說。

我也將收錄〈D坡的怪談〉的拙作《呻木叫子不尖叫！》贈送給若田家，但後來出版的作品，他們似乎都是自掏腰包購買。幸世興奮地說「等一下要幫我們簽名喔」，反而讓我惶恐不已。

雙方互道近況後，我詢問光輝失蹤當天的事。

「那天兩位有沒有看到可疑人物，或是平常沒見過的陌生人呢？」

「警察也問了我們一樣的問題，但實在想不出有這樣的人。」

「那個時間我忙著準備晚飯，不清楚外面的狀況。」

「我在望月家聽說，最近有愈來愈多年輕人跑來這裡試膽。」

「就是啊，眞是教人頭痛。大部分是住附近的高中生，但也有人開車過來。他們會跑到上面的墓地，吵吵鬧鬧。墓地的地主們在討論是不是要設柵欄之類的。所以，最近我會盡量去那裡巡視，要是發現可疑的人，就立刻通知派出所。」

「眞辛苦。」雖然我這麼回應，但或許有部分責任在我的身上。把泥濘坡的怪談分享到社群媒體的似乎是當地的國高中生，但如果同時介紹了〈D坡的怪談〉，就不能說與我無關吧。若田似乎相當氣不過，咒罵著年輕人的惡搞行爲。

我想要換個話題，於是提出陣野眞葛的名字。

「哦，陣野啊。他好像也認識小梅。」

若田似乎是從陣野那裡聽說我的事。

「他是郡山人喔。因爲是老鄉，覺得親切，我跟他聊了一下，發現他家是我家的遠親。」

「正確地說，是我娘家的親戚。」

幸世補充說明。

「現在完全沒往來了，但他們有出席我們家爺爺的葬禮。」

原來陣野和若田會親近，是因爲還有這一層關係嗎？先前我覺得只因談得投機，就提供公民館給對方住宿，滿奇怪的，但如果是親戚，也不是不能理解。

「今天他帶著攝影師一起來。」我說。

「那個女生我是第一次看到。陣野說她今天晚上就要回去了。」

不知不可能是平常只有夫妻倆很寂寞，洋司和幸世有著說不完的話題，談興很好。不知不覺中，已七點多。幸世邀約「一起吃個晚飯再走吧」，但我鄭重婉拒，便回去望月家了。

呻木叫子〈D坡的怪談〉2

A的家就在D坡上。是坡下數來第一戶人家。昭和五十三年A出生在白河市，六年前嫁進這個家，和丈夫是在職場上認識的。

嫁進來前一年的冬天，A到後來成爲丈夫的男友家做客。

「那天一早就下著雪，來到這戶人家的時候，周圍已是一片雪白，我的技術不好，開得提心吊膽。」

因爲已提親拜訪過了，和男友的父母並非第一次見面，但這是第一次要相處這麼久的時間，A相當緊張。

男友的父母歡迎A的到來，晚餐準備了壽喜燒，十分豪華。

「事後聽說，好像也買了很貴的肉，可是我完全不記得是什麼味道，加上又喝了酒。」

入夜以後，疲勞一口氣湧現，A馬上就睏了。

男友的房間是二樓靠馬路的和室。A和男友在房間鋪上兩床被子，聯床而睡。

夜半時分，A聽見像呻吟的聲音，醒了過來。

外頭傳來「嗚噢噢嗚噢噢……」的低沉聲音，彷彿野獸在吼叫。

看看枕邊的鬧鐘，凌晨快三點。A感到不安，但覺得應該是野狗之類的在叫，於是豎起耳朵，繼續躺在被窩裡。

接著，呻吟聲當中，摻雜了踏過雪地的腳步聲。明顯不是動物，而是人類的腳步聲。

A叫醒在一旁呼呼大睡的男友。

「欸，我聽到奇怪的聲音……」

男友一臉睏倦地說「不要緊，常有的事」，倒頭繼續睡。A不明白什麼叫「常有的事」，聽著呻吟聲和腳步聲，不知不覺中也睡著了。

隔天早上，A質問男友昨晚詭異的呻吟聲和腳步聲是什麼。

男友苦笑著說，他從小就會在夜半聽見奇妙的聲音和腳步聲。

「有東西在D坡上下走動。」

「什麼東西？」

A當然會這麼問。

於是，男友告訴A一段往事。

大概是小學的時候，男友下定決心問父親：「三更半夜在我們家前面走來走去的那個人是誰？」父親莫名生氣地說：「不知道！」雖然還小，但男友難以釋懷，於是祖母偷偷告訴他一個傳說。

如今D坡上去是一片墓地，路到那裡就是盡頭，但往昔路會一直通到山中，一個叫A的村落。村落中心有一座小沼澤，住著約七戶人家。

後來，一場豪雨引發山崩，一夜之間將A村整個掩埋滅村了。在D坡上上下下的，據說就是當時遭到活埋的村落居民。A村的那座沼澤，似乎仍然存在，但絕對不能靠近。

「據說靠近沼澤，就會遭到作祟。」

A覺得很恐怖，但不認爲會嚴重到影響婚事，因此隔年依照預定計畫，和男友結婚了。

「您現在還會聽到那個聲音和腳步聲嗎？」

我這麼一問，A有些困擾地皺起眉頭，說：「會，有時候。」

「您不覺得害怕嗎？」

「唔……都六年了嘛。我習慣了。可是，我兒子好像很害怕。」

A的兒子五歲，但已一個人在自己的房間睡覺。不過，有時候他半夜會吵著說「有人在外面」，跑到A夫妻的臥室避難。

於是，我徵得A的同意，也訪談了她的兒子Y。我認爲如果A也在場，Y可能不好暢所欲言，便請她讓我和Y獨處。

「有黑漆漆的幽靈從山上走下來。」

Y一本正經地這麼說。

「你有看過嗎？」

「有。」

「什麼時候看到的？」

「去外面玩回家的時候。有三個黑漆漆的幽靈從山上走下來。」

Y說，他去公民館玩，傍晚回家的時候，有三個黑色人影從D坡走下來，似乎是兩個大人和一個小孩。Y直覺地想「是幽靈」。雖然不清楚根據是什麼，但他就是這麼想。

Y心生害怕，反射性地躲到路邊的電線杆後面蹲下來。黑色人影經過電線杆時，他聽到踩過泥地般的「咕啾咕啾」聲響。Y嚇得閉上眼睛，確定三個人的腳步聲離開之後，便跑回家。

「我邊跑邊看後面，可是幽靈消失不見了。」

Y清楚地目擊到「幽靈」，只有那一次。

☘

我回到望月家時，法子的丈夫大樹還沒回家。雖然兒子失蹤了，但聽說職場員工很少，工作量又大，不得不留下來加班。好像都要到晚上八點左右才能回來。

我和法子及她的父母，四個人一起用晚餐。望月家的三人表面上十分鎮定，但還是顯得有些拘謹。明明每個人都很憔悴，卻看得出他們對我的客氣，因此我也盡量努力維持這個狀態。

快九點的時候，我接到陣野眞葛的電話。

當時，我在陪總算回家的大樹吃飯喝酒，和法子一起喝著罐裝啤酒。

「……喂？」

「啊，呻木小姐嗎？我是陣野。抱歉，這麼晚打擾，現在方便講電話嗎？」

「可以，怎麼了？」

「我想請問一下，那個……妳有看到十和田嗎？」

「沒有。傍晚遇到你們以後，我就沒再看到她了。」

「這樣啊。哦，沒有啦，她去拍夜景照片，一直沒有回來，打她的手機也沒接，我們本來約好八點半碰面，我要送她去車站……實在不好意思，可以請妳陪我一起去找她嗎？」

「好啊，沒問題。」

「太好了。我大概知道她去哪裡拍照，應該是坡上的墓地。」

於是，我準備跟陣野一起去尋找十和田彩葉。聽到這件事，大樹擔心地說：

「梅木小姐，妳和陣野先生很要好嗎？」

「唔……算是見過幾次面，偶爾會傳訊息交換資訊。」

我和陣野交換過彼此的聯絡方式，但不曾私下見面。

「那我也一起去，萬一出什麼事就不好了。」

這麼一提，在晚間跟不算熟的對象一起去墓地，確實頗多疑慮。如果大樹願意陪我一起去，就放心多了。

我喝了水醒酒，帶著手電筒出去外面。漆黑的夜色裡，下起霏霏細雨。較慢出來的大樹帶著兩把傘。

「拿去用吧。」

「謝謝。」

我聯絡陣野，他說快到了。等了兩、三分鐘，陣野出現在望月家的大門前。我們三人朝泥濘坡上的共同墓地走去。陣野和大樹是第一次見面，在路上簡單地彼此自我介紹。

時間是九點近十分。昏黑夜色籠罩下的共同墓地，光是這樣的氣氛就讓人毛骨悚然。由於知道這個地方鬧鬼，即便是我，也不禁心跳加速。被雨打濕的墓碑反射出LED手電筒過亮的燈光，看起來耀眼得不自然。

「喂——！十和田——！」

陣野唐突地大喊，嚇得我全身一顫。接著，我和大樹也一邊喊著十和田的名字，一邊在墓地四處巡視，但沒有回應，也沒有其他人影。

「會不會不在這裡？」

大樹這麼問，陣野納悶地說：

「好奇怪，除了這裡以外，沒有其他地方好拍了啊……噢！難道是……」

話一說完，陣野便朝著墓地對面的森林走去。相傳森林另一頭以前有座小村子，但因爲江戶時代的一場山崩，導致村民與房屋都被掩埋在土石流底下了。

「喂——！十和田——！」

陣野朝滿溢著深濃黑暗的森林再次大喊。那裡是往下的斜坡。以前我來的時候，勉強還有一條動物踩出來的小徑，如今隱沒在繁茂的雜草中，看不出有路。底下有數十尊掩埋在土中的地藏像。

我和大樹也拿著手電筒往底下照，但沒看到疑似十和田的人影。

「沒有人……」

我開口，陣野說著「不可能啊」，一個人爬下斜坡。

「很滑，小心點。」

我在坡上提醒，不知道陣野有沒有聽見。我和大樹拿手電筒照著他前進的方向，想要爲他確保視野，以免受傷。爬下坡後，陣野用手電筒照著周圍，尋找十和田，但終究是無功而返。

爬上斜坡回到墓地，陣野的面色蒼白。

望月光輝失蹤一週後，又出現第二名失蹤者嗎？

「或許她是去別的地方拍照了。」

我出聲安慰，陣野點點頭應道：「就、就是說呢。」

「你們是約在公民館碰面嗎？」

「對。」

「那我們先回去看看吧。」

我如此提議，陣野順從地答應。

我、望月大樹、陣野眞葛三人走下泥濘坡，前往公民館。途中我們繞到若田家和更底下的矢吹家，詢問有沒有看到十和田，但兩家人都沒有什麼好消息。

位於坡下的公民館，是一棟藍色屋頂的木造平房，相當老舊。法子說是她出生前就有的建築物，屋齡超過三十年。因爲孤伶伶地建在田地裡，感覺比實際上更大。十三年前，我進去過一次。

公民館鋪石子的停車場，停著一輛黑色休旅車，應該是陣野的。

「不在這裡。」大樹說。

公民館玄關設有門燈，但屋內一片漆黑。

「總之，請進吧。」

陣野彷彿回到自家般這麼說，從口袋掏出鑰匙，轉開門鎖，打開很卡的玄關拉門，走進裡面。我和大樹也收起雨傘跟上去。

陣野熟練地打開玄關照明，左右推開正面嵌著霧面玻璃的格子門，忽然僵在原地。

我從陣野後面探頭一看，發現漆黑的十坪大廳中央，木板地上躺著一樣東西。

在玄關燈光的照射下，那看起來像是全身被泥巴覆蓋的人。

約莫是頭對著這裡，趴臥在地。我反射性地拿手電筒照向那裡。

一動不動的那具人體旁邊，掉落一顆頗大的石頭。

大樹推開一動也不動的陣野，走進大廳，按下電燈開關。乍亮的大廳裡到處都是污泥，慘不忍睹。

大樹邊呼喚邊走近倒臥的泥人。可是，泥人完全沒有反應。就像一尊前衛藝術的人像。

「好像死掉了。」

提心吊膽地檢查脈搏後，大樹說道。

這時，陣野總算進入室內，走到泥人旁邊。他彎下腰，膽戰心驚地探頭查看泥人的臉。

「是十和田，應該沒錯……」

陣野的雙眼瞪得老大，彷彿看見了不敢置信的景象。

呻木叫子〈D坡的怪談〉3

就讀大一的K，約一年前遇到這件事。

K的老家，位在D坡上離墓地最近的地方。現在是時尚的雙層樓房，但聽說在K出生以前，是一棟有著黝黑大柱子的老民宅。打聽之後才知道，根據K家代代皈依的寺院留下的紀錄，一族從江戶時代末期就在此地落戶。

K就讀鄰市的升學高中。成爲大考在即的三年級生後，她開始去高中附近的補習班補習。補習班下課時間是晚上九點，向來都是母親開車去接她。

K到現在都還記得，她走到補習班的停車場，看見那天晚上的滿月碩大得詭異。

聽著車上的廣播，母親開的車子行駛在平時的路線上。從K就讀的高中所在的市到黑河町，有一條寬闊的縣道。聽說途中有一個叫「幽靈彎」的地點，相傳以前（不過也只是三十多年前的事而已）那裡有個白衣女鬼會在夜間出現。後來發現只是住在附近的女人惡作劇，但當時似乎引發相當大的騷動。

車子快開到D坡時，廣播訊號亂掉了。當晚天氣晴朗，月亮看得一清二楚，所以不是天氣的關係。K還以爲是廣播故障了。

然後，車子前面出現一個人影。時間接近九點半。

「這麼晚了，怎會有人？好奇怪。」

D坡沿途沒有路燈，光源只有D坡上三戶人家透出來的燈光。然而，有人連手電筒也沒帶，朝坡上走去。

「那是誰呢？」

母親也狐疑地說。

那似乎是個女人。據K形容，女人「一頭長髮，穿著古早的白色和服」。女人看起來正全速跑上D坡。因爲人在路中央，感覺母親開的車一下子就會追上她。

這時，廣播伴隨著雜音，傳出女人的聲音：「……嗎？在嗎？」

「什麼？」

母親連忙踩煞車，停住車子。

K也很疑惑，側耳細聽廣播的聲音。

還是一樣，斷續聽見「在嗎、在嗎……」的女人聲音。

「人眞的嚇到的時候，會說不出話。」

K神情嚴肅地這麼對我說。

擋風玻璃前方，女人一樣在奔跑，但注意到的時候，車頭燈光裡的人影已跑到相當遙遠的前方，變成一個在動的小點了。明明上一刻還在眼前，這根本是不可能的速度。

K自小就聽說D坡有妖怪出沒，頓時恍悟：「啊，就是那個妖怪。」母親也是，發現是妖怪的瞬間，似乎立刻恢復鎮定。

女人的身影完全消失後，母親繼續往前開，兩人終於平安回到家。

「發現是妖怪以後，反而比較鎮定？」

我苦笑著問，K微笑回答「是啊」。

「我媽比我更熟悉D坡的事，她自己應該也有類似的經驗吧。不過，她從來不會主動告訴我。我姊也說看過奇妙的東西，我心想：哦，也是有這種東西啊……」

K說，眞正可怕的不是妖怪，而是變態和小偷。

K的姊姊H，其實是我的大學朋友。

第一個告訴我D坡的怪談的就是H。回想起來，在大學聽到這件事，動念務必要去實地調查一番，就是一切的開端。

怪談內容是這樣的。

當時H還是小學生。

H的房間在二樓，可從陽台俯視D坡。

這天是個晴朗的星期日，H被母親吩咐晒棉被。她不情願地把房間床上的被子搬到陽台。同一時刻，妹妹K也在隔壁做一樣的事。正確時間不確定，但大約是上午十點左右。

H在晒被子，家裡養的狗可樂突然吠叫起來。

有客人來了嗎？H從陽台探頭一看，只見有個黑色的東西從坡上往下移動。

「我以爲是山豬。」

這一帶經常有山豬和鹿出沒。十五年前，也有一頭大狐狸死在庭院。

可樂叫個不停，於是那黑色的東西停下動作，朝庭院過來。這時，H看出那不是山豬了。

H說，那是一個黑漆漆、四肢跪地的人。手腳異樣地長，就像蜘蛛一樣。

那傢伙對著可樂，威嚇似地張嘴，似乎說了什麼，但只聽見空氣磨擦般的「咻咻」

聲響。不過，那傢伙每次開口，露出的牙齒便顯得格外慘白，怵目驚心，令人害怕。

「姊，怎麼了？」

K悠哉地問，H在嘴唇前面豎起手指「噓！」了一聲，要她安靜，接著默默地指向坡道。K也看向坡道，卻歪頭問：「咦，怎麼了嗎？」

H把目光移回D坡，發現那傢伙不知何時消失了。

「那絕對不是幻覺。證據就是那傢伙爬過的地方，留下了黑泥巴般的痕跡，就像剛從田裡出來的曳引機經過一樣。」

那泥濘般的痕跡在自家前面的路上留了好幾天，H每天上下學都會看到。

H也問過妹妹K有沒有看到那痕跡，K卻說「我沒印象」。

☘

發現十和田彩葉的屍體後，一個晚上過去了。

警方的偵訊持續到深夜，但我依照平日的習慣，在早上六點醒來。我睡的房間，是法子學生時期的房間，她的東西仍放在那裡。不管是書桌還是床鋪，都和當時一樣。書架上擺著我每一本作品，教人怪難爲情的。

由於是星期六，望月家的早餐時間比平常晚了一些。大樹和法子今天都休假，所以全家一起坐在餐桌旁。法子的父母對我發現屍體的事大表同情，但目前望月家遇上的狀況更嚴重，所以我只能微笑說「我沒事」。而且實際上，這並非我第一次發現屍體，精神上幾乎不受影響。

家中凝滯著沉重的空氣，教人頗不自在，上午十點了，我決定出門。目的地是案發現場的公民館。十和田的死和光輝的失蹤是否有關，現階段還不清楚，所以我需要盡可能大量的資訊。

走下雨中的泥濘坡，和昨天看到的白貓擦身而過。白貓看也不看我，快步登上坡道。

坡區公民館的土地拉上了禁止進入的封鎖線，停車場那裡，穿著防護衣像是鑑識課的搜查人員正忙進忙出。我呆呆地看著這一幕，這時有人從背後叫我。

「早安。」

回頭一看，是兩名撐著塑膠傘的西裝刑警。他們是昨晚來到現場進行偵訊的福島縣警本部的結城警部，和黑河署的磯警部補。結城是年約四十五的刑警，身材高大，胸膛厚實，比起警官，氣質更像自衛官。配上方框眼鏡，他看起來像個機器人。相對地，磯雖然膚色黝黑健康，但身材清瘦，還有溜肩，個子也不高，加上理了平頭，簡直像個小和尚，看不出年紀。從他從容鎮定的態度來判斷，搞不好比結城年長。

我一回禮，結城便咧嘴露出潔白的牙齒笑了。

「我們正想去找老師問話。現在方便嗎？」

「可以，沒問題。」

「呻木老師最近似乎涉入了許多案子。」

昨晚還稱我「梅木小姐」，不知不覺間稱呼變成「呻木老師」。這個變化讓我稍微起了戒心，含糊地點頭：「唔，是啊。」

確實，這幾年我被捲入數起刑事案件。有時是我自身成爲警方調查的對象，或是弟弟遭遇殺人案。我在愛媛縣的山區涉入連續命案，還在栃木縣的鄉間發現無頭屍體，是一般來說無法想像的頻率。我有個女性朋友，不知爲何經常目擊別人跳樓自殺，我跟她一樣，變成容易遇上殺人命案的體質了嗎？

「聽說，老師對每一起案子的破案都很有貢獻。栃木縣警的沼尾警部和愛媛縣警的渡部警部要我們向老師問好。」

沼尾和渡部，都是以前我被捲入的案子的承辦刑警。雖然不清楚他們對結城說了什麼，但萬一過於抬舉我的能力，也教人困擾。

「我只是稍微幫了點忙。」

我婉轉地說，結城和磯笑道：「老師太謙虛了。」兩人完美地齊聲合唱，我的背脊發涼。不過，看他們的態度，或許可問出與案情相關的資訊。於是，我試著探聽：

「十和田小姐是什麼時候過世的？」

結城警部朝磯警部補掃了一眼，回答：

「司法解剖後，死亡推定時刻是昨天晚上六點到晚上七點之間。死因是後腦遭到重擊，造成腦挫傷，也就是被打死的。凶器研判是掉落在現場的石頭。遺體有被搬動的痕跡，因此第一現場有可能不是這裡，而是別處。對了，爲了愼重起見，請教一下，老師這段時間在哪裡？」

「六點到七點之間，我去拜訪若田家，跟洋司先生和幸世女士一起聊天。七點多離開若田家，回到望月家。」

「這樣啊。」結城正經八百地點點頭。

接著，換磯開口：

「我有親戚住在淵窪，小時候就聽過泥濘坡的怪談。其實，以前我也拜讀過老師的作品，所以看到這次的屍體，我馬上想到全身泥巴的妖怪的事，老師有什麼想法嗎？」

「呃，在這之前，請問那些泥巴是哪裡來的？」

「哦，那是……咕，就是那邊田裡的泥土。」

磯警部補指示公民館旁邊的稻田。

被水田泥巴覆蓋的屍體——比起泥濘坡的怪談，我第一個聯想到的是「泥田坊」這個妖怪。泥田坊是江戶時代的畫家鳥山石燕的《今昔百鬼拾遺》中收錄的妖怪。石燕畫了一個上半身冒出水田、只有一顆眼睛的妖怪，據說是留下田產死去的老人變成的，會怨恨地對耽溺於酒精而賣掉田產的孩子和買走田產的人說：「把田還來……」。不過，這其實是石燕的創作，是一種知性遊戲。據傳是在影射江戶的風月場所新吉原，也有說法認為，這個妖怪的模特兒是狂歌（註）師泥田坊夢城。

不過，在這裡對兩名刑警解釋泥田坊是什麼妖怪也沒用，他們也不會懂。所以，我輕描淡寫地說：

「十和田小姐那種狀態，實在不太可能與怪談無關。歹徒應該是刻意布置成符合怪談的內容。」

「就是啊。」結城警部表示同意。「我們也這麼認為，卻發現更離奇的事實。唔，這也很像怪談，根據陣野先生的說法，發現屍體時，公民館的前後門，以及窗戶，全部都鎖著。而且屍體是在陣野先生外出的一個半小時左右的空檔，出現在室內。」

結城更詳細地告訴我陣野眞葛的證詞。

陣野和十和田彩葉是在六點過後分開行動。兩人說好八點半會合，陣野先回公民館一趟，然後去了附近的純泡湯溫泉設施。從公民館到溫泉設施車程約十分鐘，陣野每天都去那裡洗澡。

晚上剛過七點，他抵達溫泉設施，泡到八點十五分，八點二十五分回到公民館的停車場。八點半了，卻還沒看到十和田的人影，陣野便打她的手機聯絡，但對方沒有接聽。

等到快九點，陣野忍不住擔心起來，想出門去找十和田。他會拜託呻木叫子一起去，本人聲稱是不敢　個人去鬧鬼的地點。

「老師和望月大樹先生都看到陣野先生親手打開門鎖，對吧？」

「是的，可是我們並未確認門是不是眞的鎖著。」

如果陣野的說法屬實，表示化爲密室的公民館內，出現一具渾身泥濘的屍體。

「公民館的鑰匙有幾支？」

「只有區長若田先生保管的那支，和借給陣野先生的那支，總共兩支。」

十和田命案中，除了我有不在場證明，若田夫妻也有不在場證明。

「請問，我可以看看公民館裡面嗎？」

我不抱希望地提出要求，沒想到結城爽快地答應：「可以啊，沒問題。」這超乎想像的禮遇，讓我再次對沼尾和渡部到底對他們說了些什麼，感到不安。

註：流行於江戶中期以後的詼諧諷刺短歌，取材於日常，用詞貼近市井。

在兩名刑警的催促下，我進入封鎖線內側。

公民館裡面，打開正門的拉門後，就是橫長狀的玄關，右邊是廁所。正面以嵌著霧面玻璃的格子門區隔開來，再過去是約十坪的木板地大廳，用來聚會等等。再更裡面，看過去左邊是四張半榻榻米大的和室，右邊是廚房。榻榻米和室裡有矮桌和電視機，壁櫥裡收納著大量的坐墊。

大廳和昨晚一樣，依然布滿污泥。白天一看，那副景象顯得更加詭異。正門的門鎖是上下滑動的款式，可能是老舊了，必須使出相當大的力氣才能扳動。看上去並沒有刮傷之類的痕跡。

磯遞來塑膠鞋套，我套好兩隻鞋子，走進室內，檢查大廳左右兩邊的窗戶。左右各有兩扇窗，看過去的右邊是相當大的落地窗，可出去外面的簷廊。窗鎖都是月牙鎖，逐一觀察後，並沒有不自然的痕跡。應該沒有用線或膠帶製作的機關。

裡面的和室也有小窗戶。這邊的窗戶是木製的，舊式窗栓鎖著，結構上實在不可能從外面動手腳。廚房窗戶嵌著鐵格，即使窗戶開著，人也無法通過。而且發現屍體時，廚房窗上的月牙鎖也鎖著。爲了愼重起見，我檢查了一下窗鎖，一樣沒有異狀。

後門是木門，從室內滑動門閂上鎖，無法從室外上鎖。門雖然老舊但門閂算是新的，也沒有明顯的刮傷。不過，因爲是老門，並非完全密閉，門下有一點隙縫，細線或鐵絲應該能穿過。

最後我也檢查了廁所。廁所正面有扇小窗，嵌著格欄。鎖和大廳及廚房一樣是月牙鎖，聽說昨晚也是鎖著的。當然，這裡的月牙鎖沒有異狀。不過我這種程度的調查，警方早已愼密地做過，要是我能發現新的線索，那才叫奇蹟。

公民館本身造型簡單，但因爲簡單，沒有多餘的出入口，懷疑有密道之類的地方，感覺是荒謬無意義的。

依常識來看，前來棄屍的凶手，應該是走正門進來。而能夠做到這件事的，只有持有鑰匙的陣野眞葛和若田家的兩人。但若田洋司和幸世在十和田遇害的時間，與我在一起，因此最可疑的就是陣野。不過，要認定陣野就是凶手，仍有若干疑問。倘使陣野是凶手，爲什麼要把公民館全部的窗戶和門口都鎖起來？

如果公民館不是密室狀態，陣野的嫌疑應該會更輕一些。而且假設陣野是凶手，何必用泥巴弄髒十和田的屍體和公民館？

密室與渾身泥濘的屍體，這些裝飾確實加強了怪奇色彩。但連小孩子都知道，就算動這些小手腳，也不可能讓警方相信是靈異事件。

另一方面，淵窪的居民當中，或許有人認爲會發生這次的事，是泥濘坡作祟或詛咒。至少絕對能在社群媒體上引發新的一波話題。如果凶手是爲了這樣的話題性，而製造出如此離奇的狀況，或許可以理解。但假設陣野是凶手，就是過於譁眾取寵，讓自己幾乎成了唯一的嫌犯，豈不是本末倒置？

而且，昨晚發現十和田的屍體時，陣野那傻掉的表情，實在不像是裝出來的。

我兀自煩惱，結城警部壓低聲音向我攀談：

「這件事只跟老師透露，其實警方將陣野眞葛視爲頭號嫌犯。因爲與被害人生前有密切關係的，只有陣野一個人。從動機方面來看，他也是最可疑的。」

「陣野先生有殺害十和田小姐的動機嗎？」

「陣野和被害人似乎在交往。」

「咦？可是，陣野先生不是已婚嗎？」

「是的。所以，陣野和被害人是不倫戀。兩人之間就算有感情糾紛也不奇怪。而且在被害人的死亡推定時刻，陣野沒有不在場證明。只是……」

說到這裡，結城警部繃住稜角分明的臉。

「有個不動如山的事實，讓我們無法斷定陣野就是凶手。」

磯警部補接手說明：

「剛才我提到，被害人身上的泥巴，是來自旁邊的水田，對吧？」

「是的。」

「其實昨晚七點十五分，地主去巡過田。好像是因爲加班，很晚才回家，所以巡田水的時間比平常晚了許多。」

雖然要看時期和天候，但從水路引進水田的水量，白天和夜晚不同。對於稻作農家來說，早晨和傍晚調節水量，是非常重要的工作。

「地主說，當時田裡沒有任何異狀。也就是說，十和田的遺體變成那種狀態，是七點十五分以後的事。還有其他居民作證，說晚上八點，田地就被弄亂了。作證的是住在附近的高中生，當時他從補習班回家。經過田地的時候，手機接到訊息，他停下自行車看了一下時間，就是在這時候注意到田裡的異狀。不過，他以爲是有人還是車子掉下去的痕跡。綜合這些證詞，泥巴從田裡被挖出來，是七點十五分到八點之間的事。換句話說，陣野先生不可能做到。」

警方調查之後發現，陣野眞葛從晚上七點到八點十五分之間，確實都在純泡湯的溫泉設施。不只是員工和當地客如此證實，也確認過監視器影像。從溫泉設施開車到現場不用十分鐘，但透過停車場監視器影像發現，這段期間車子沒有移動，也沒有拍到陣野離開設施的身影。

結城警部眼鏡底下的雙眸燃燒著鬥志，說：

「陣野的嫌疑重大，但他沒辦法用田土弄髒被害人的遺體。而且陣野的不在場證明之所以成立，並非刻意安排，而是偶然的結果。田地的主人碰巧很晚才來巡田水，從補習班回來的高中生碰巧在田地前面停下自行車，因而證明了陣野的不在場。這些不是可以預先計畫安排的。」

至於密室之謎，如果陣野就是凶手，他手上有鑰匙，便算不上謎。可是，陣野不可能裝飾（污染？）館內的屍體。

比方，如果是持有公民館鑰匙的若田洋司或幸世，可代替陣野對十和田的屍體動手腳。不過，這麼做的目的是什麼？如果是爲了替交情好的陣野掩飾罪行，把屍體丟在公民館，或是把門窗都鎖起來，根本是弄巧成拙。講白一點，把屍體扔在屋外好多了。而且，用泥巴弄髒屍體和公民館，製造怪奇性的意圖也令人不解。

或者，有什麼其他我不知道的嫌犯？嫌犯用了某種意想不到的方法，讓公民館化爲密室嗎？

「我們也遇上瓶頸了。如果老師有什麼發現，請隨時聯絡我們。」

機器人般的結城和小和尚般的磯，兩名刑警同時向我行禮拜託。那股勤的態度讓我直呼吃不消，只能回答：「請不要抱太大的期待。」

和刑警們道別後，我去查看公民館旁邊的水田。這裡的田土被拿來弄髒現場。下個不停的雨，讓亂挖的痕跡變得不醒目了，但還是看得出不自然的凹陷。土堤上也有掉落的泥土，看得出有人挖取泥土。

接著，我前往泥濘坡上的三戶人家當中，最底下的矢吹家。

前來當地進行調查的十三年前，矢吹家的人也對我照顧有加。尤其是媳婦矢吹明子，告訴我寶貴的親身經歷。如果沒有明子分享的那段經歷，泥濘坡怪談的調查進展應該會更爲遲緩。當時才五歲的兒子悠馬，也用自己的話敘述他的經歷。昨天發生很多事，沒能好好前往拜會，所以我想趁今天去打聲招呼。

矢吹家裡，明子在家。丈夫史雄星期六也要上班，身爲考生的悠馬，去高中參加模擬考。明子的公婆在主屋後面的溫室務農，家中只有明子一個人。

「連星期六也意外地忙碌。」

這麼苦笑著說話的明子幾乎沒變。她應該快四十歲了，但一眼看去，完全就是以前的樣子。她本來就生了張娃娃臉，皮膚也很漂亮。

「事情好像很嚴重。」

我們在飯廳面對面坐下來，明子這麼說。她端出芳香的紅茶，和別人送的餅乾。

「是啊，眞的讓人一頭霧水。光輝的事就夠不得了了。」

我也坦率地吐苦水。

「就是啊。搞不好真的是什麼詛咒。」

我不著痕跡地探問昨晚六點到七點矢吹家的人的動靜。明子去車站接放學回家的悠馬，史雄開車從公司回家，這段期間，公婆留在家裡。

「對不幸遇害的人很過意不去，可是，該怎麼說，感覺就是件麻煩事。」

「她好像是昨天到這裡，本來預定昨天就要回去。」

「這樣啊。唔……說事不關己是挺過意不去啦，可是感覺很不真實。我們家的人都沒看到那個死掉的小姐嘛。比起那個小姐，還是光輝啦，那孩子才教人擔心。」

我很瞭解她的心情。坦白說，比起十和田的命案搜查，我更希望警方盡快找到光輝。話說回來，我隱約懷疑十和田的死，和光輝的失蹤可能有關。這就是我無法忽視十和田命案的原因。

「搞不好，光輝是被那個女人抓走了。」

「咦?」

「喏，就那個說著『在嗎?在嗎?』，在找人的女人啊。」

是那個出現在泥濘坡的幽靈。

「這麼說來，光輝消失以後，就沒聽到『在嗎?』的聲音了耶。」

明子正經八百地說，直瞅著我。

呻木叫子〈D坡的怪談〉4

沿著D坡而建的三棟民宅裡，住在中間一戶的W，自幼就多次遇到奇妙的事。W生於昭和二十九年，目前任職於町內的銀行。

W至今仍印象深刻的遭遇，是小時候爲了傳遞社區傳閱板，前往鄰家的時候。W的鄰家，就是前面介紹的H姊妹的家，是D坡最上面一戶人家。

傍晚時分，W一個人從D坡走向鄰家。徒步不用五分鐘的距離，而且天色還很明亮，他並不覺得有什麼可怕。W打算像平常那樣把社區傳閱板送交出去，然後回家。這時，他和一個年輕女子擦身而過。

雖然是個陌生女子，但W並未特別起疑，以爲是鄰家的訪客。但和女子擦身而過的瞬間，他的手突然被抓住。W嚇了一跳，只見女子細細端詳W的臉，說：「不對。」

「我到現在都忘不了那個女人的臉，皮膚白得像蠟像一樣，眼神空洞……」

但W依然不認爲那是幽靈，反而覺得是變態，或精神有問題的人。他心生害怕，想要甩開女人的手，卻甩了個空。

因爲女人不知不覺間消失了。這時，W才悟出女人不是這個世界的活人。

爲何這件事讓W印象深刻，是因爲過去他目擊到的疑似幽靈的東西，幾乎都是從坡道上方往下走的黑色物體。能夠明確地辨識出是女人的幽靈，這是唯一的一次。

W已故的祖父告訴過他，「D坡會有幽靈出沒，是因爲很久很久以前，坡道另一頭的村子被山崩滅村的關係」。說黑色幽靈就是當時遭到土石活埋的村民，現在仍偶爾會走下坡道，向人求救。

往昔有村子因山崩而滅村的事，我也從A那裡聽說了。不過，根據自家墓地在D坡上的居民的說法，出現在D坡的，是過去被拋棄在投屍井裡的人化成的孤魂野鬼。也就是說，住在D坡的居民，和除此之外的居民，雙方認定的異象形成原因和由來並不相同。這樣的差異令我好奇，於是我詢問了W投屍井的事。

「那口井的事，我聽祖父提過。祖父說他去採山菜的時候差點掉進井裡。很久很久以前，這道坡上就是山嶺，有許多人往來。不過，那也是江戶時代前後，古早以前的事了。」

以前介紹的開餐廳的E住的那一帶，在近世的江戶時代似乎是驛站。W說在當時，登上D坡，穿過另一頭的村子，可能有通往會津地區的道路。但W完全沒有提到投屍井是幽靈出沒的原因。

「畢竟很少人會上山。這一帶人家的墓地——喏，坡道起點稍前方，田地裡不是有塊墓地嗎？就在那裡。」

話雖如此，其實W小時候偶爾會以「探險」爲名目，跑到D坡上的墓地附近玩耍。

「雖然爺爺奶奶都叮囑我絕對不可以去……」

愈是大人禁止的地方，就愈想去，這就是小孩子的心理。

W帶著小他兩歲的弟弟，一起去D坡上方探險。探險的目的是「找到妖怪」。

兩人不是去墓地，而是更進一步深入墓地後方的森林。地面很柔軟，泥土的氣味刺激著鼻腔。大白天也陰陰暗暗的森林裡，光是踏進去，就驚險滿點了。

森林平緩地下降到某個程度，但再往前一些，坡度就變得陡峭。經過勉強可辨認的獸徑，留心腳下前進，W發現有尊傾斜的地藏石像一半埋沒在泥土中。

實際上，不只一、兩尊。四周有十幾尊地藏石像傾斜或倒下，有些只露出臉部。

W叫來弟弟，兩人用手邊的樹枝挖開地藏石像的周圍。

「總覺得那些地藏菩薩好可憐。」

兩人沉迷於挖土，W說突然間「聲音消失了」。

「原本有蟬聲、鳥叫聲，和各種蟲鳴。因爲也不是特別去注意，只是漫不經心地聽著，然而，這些聲音突然消失不見，變得一片死寂，我馬上發現不對勁。」

W覺得古怪，但仍想挖出地藏石像，結果弟弟突然說「我們回家吧」，聲音非常細微。轉頭一看，弟弟的臉色糟透了。

「你不舒服嗎？」

W問，弟弟說「很噁心」，接著說「我要吐了」，眞的當場嘔吐。W擔心弟弟的身體狀況，扶著弟弟爬上斜坡。

回家以後，弟弟隨即在簷廊躺倒下來。W去井邊洗手回來，摸了摸弟弟的額頭，好像發燒了。當時W並未把山中的探險和弟弟的不適連結在一起，認爲有因果關係。他心想：「弟弟本來就感冒了嗎？」

沒多久，去田裡農忙的祖母回來，看到弟弟的模樣，立刻爲他鋪被。

隔天弟弟的燒就退了。但復原後，弟弟這麼對W說：

「哥哥在挖地藏石像的時候，我突然覺得很不舒服，發現我們周圍有許多黑漆漆的人。他們躲在有點遠的樹木後面偷看我們。」

從此以後，W和弟弟都再也不敢去D坡另一邊探險了。

☘

打在傘上的雨勢變強了。

午飯後，我來到泥濘坡上的共同墓地。濡濕的墓碑散發出青苔的氣味，與圍繞四周的樹木散發出的清香渾然一體，讓四下充斥著植物濃烈的青澀氣味。

傳說這塊墓地上，曾有一座投屍井。現代已無法想像，但往昔路倒的旅人和牛馬都直接棄置於井中。有居民說，現身於泥濘坡的幽靈就是這些孤魂野鬼，也有人說在墓地看到渾身泥濘的人，就連自家墳墓在這裡的人，都恐懼著這個地方。

十三年前的我，並不覺得這裡可怕。因爲我從來沒有撞鬼的經驗，對於靈異之說毫無眞實感。並不是我不相信，只是錯覺那是與我毫不相干的異界之事。

可是，現在我卻感到有些害怕。

不是害怕靈異現象。這裡——這片土地底下，埋著許多人的屍體。撇開投屍井不談，這裡也是片墓地。過去有土葬的風俗，因此現在立起墓碑的位置，後方也埋葬著死者（註）。大部分的人家，也會在埋葬的位置插上竹筒，獻上鮮花。這個地方經年累月堆積著死亡，堆積著屍骨。是這些積累讓我心生懼怕。

我經過並排的墓碑前，往墓地更深處走去。據說，過去有個存在於前方、名叫青沼的聚落，於寬政八年（一七九六年）發生山崩，一夕之間慘遭滅村。這並非口耳相傳的野史，而是文獻資料上確有其事，因此是無庸置疑的事實。然後，只有住在坡區的居民，認爲死於那場災害的村人靈魂會出現在泥濘坡。

註：日本改爲火葬後，是將火化後的骨灰安置在墓碑底下。所以現在的日本墓地，墓碑下放的是骨灰罈，而非埋著屍體。

我從斜坡探出身體，窺看下方。可能是連日下雨，加上高溫，青翠的蕨類葉子旺盛地生長。昨晚陣野踏進去的地點，已看不出是何處。如果雜草再矮一些，從這裡應該也可看到若田兒時發現的半掩埋的地藏石像。十三年前我親眼確認過，多達十幾尊地藏石像被棄置在各處，有的缺損、有的遭到掩埋，那景象總教人感到不祥。說起來，爲什麼要祭祀這麼多地藏石像？

以前我來進行調查的時候，現場那異樣的光景太過震撼，我沒想過要再更進一步深入，現在卻好奇得不得了。再說，也有文獻顯示，之所以會滅村，可能是某些東西作祟。至少當時的居民認爲那並非一場單純的天災，而是作祟的結果。那麼，到底是什麼在作祟？與那些地藏石像有關嗎？我在圖書館、鄉土資料館、鄰近寺院神社等徹底找遍資料，卻未能發現作祟的具體原因。

不過，有件事令我耿耿於懷。

從地藏石像被掩埋的地點再過去約十公尺，似乎有一座小沼澤。之所以用「似乎」，是因爲我並未親眼看到。至於爲什麼我沒有去看，是因爲望月家、若田家和矢吹家，每一家的人都強烈告誡我「絕對不可以去」。他們說，沼澤的水又黑又濁，沒有魚類也沒有蛙類，甚至連昆蟲都沒有，是一座荒蕪的沼澤。傳說去到沼澤的人會得病，或精神出現異常。那座沼澤，應該就是曾位於青沼村落中心的沼澤。

這傳說煞有其事，但並非單純的傳聞，反倒是連隨便提起都被禁止的樣子。去到沼澤而招致災禍的是哪些人，似乎都能清楚地知道他們的姓名和住址，亦即可查到個人資訊。他們的子孫至今仍住在淵窪，可信度極高。

寫〈D坡的怪談〉的時候，我刻意沒有提到沼澤的異象。因爲我擔心一寫下來，會勾起某些讀者的好奇心，讓他們跑去沼澤一探究竟。

眞正可怕的事，是極少被公開談論的。

話說回來，光輝的失蹤，與泥濘坡和墓地發生的異事有關嗎？

出現在泥濘坡的那些怪東西，絕對不是友好的，但從來沒聽說過它們會抓小孩。唯一令人掛意的，是矢吹明子也說過的，不斷在尋找某人的女鬼。那個女鬼在找的應該是小孩（這一點我也寫在〈D坡的怪談〉裡了）。可是，**我知道那個女鬼在找誰**。那不是光輝。

十和田彩葉的命案又該怎麼說呢？那起命案不管怎麼看都是人類下的手，不可能是靈異事件。不過，其中有幾個令人費解之處。首先，現場是密室。把公民館製造成密室，實在不可能對誰有利，反而只會限縮嫌犯的範圍，不是嗎？

還有，被害人全身泥濘，公民館的大廳也被執拗地用泥巴弄髒。凶手如此大費周章弄髒現場的理由是什麼？若是要布置成與泥濘坡的怪談有關，卻是從旁邊的水田挖來田土，甚至也不掩飾挖土的痕跡，簡直就像從一開始就在昭告「泥土是從這裡挖來的」。

如同結城警部他們說的，從動機來看，陣野眞葛最爲可疑。但陣野有不在場證明，他也沒有機會加工十和田的屍體。

這時，我的右腳一滑，差點往前摔倒，反射性地踩住腳底撐著。嚇死我了。差一點就要滾下去。

我逃離斜坡往回走。

烏鴉啼叫了一聲。

瞬間，彷彿雞母蟲爬過，一連串事件的眞相從我的腳底下湧現出來。

我隱約聽見遠方傳來孩童哭泣的聲音。

呻木叫子〈D坡的怪談〉5

在F地區，D坡這個名稱雖然知名，但實際遇到怪事的居民並不多（本篇作品即根據向這些少數經驗者訪談的內容寫成）。絕大多數的居民都不知道D坡鬧鬼的事，年輕世代的居民，很多甚至連D坡這個稱呼都不知道。即使知道那裡有怪談，大多也都十分零碎，像是「有女鬼跑上坡」、「一群黑色幽靈從山上走下來」、「有幽靈馬跑過」等等，關於它的起源，知道的居民就更少了。

不過，綜合受訪者所說的內容，可看出以下的傾向：自家墓地在D坡上的共同墓地的居民，將發生異象的原因歸咎於投屍井裡的死者。而住在D坡旁的三戶人家流傳的說法，則認爲發生異象的原因是，過去存在於坡道另一頭、遭天災滅村的A聚落。

因此，我翻找町史和古文獻，調查了黑河町的歷史。雖然找不到投屍井的史料，但自家墳墓在D坡共同墓地的人家，我訪問到幾位實際看過投屍井的人。

此外，我從近世的史料中找到A這個村落名稱。那是一份將山中砍伐的木材出貨時的紀錄，記載著「寶曆三年五月」這個年份。

此外，F地區（當時是F村）的村吏日記中，也有幾處提到A這個地方，似乎有個現今所說的占卜師或祈禱師，每當村子發生怪事時，就會去向A聚落的「神明大人」請教。

寬政八年的村長日記中，也提到八月發生山崩，A聚落遭到掩埋的事。饒富興味的是，這段記述旁邊註記「作祟也」。光憑這些史料並無法斷定，但至少日記的作者認爲A聚落發生的災害，是作祟引發。只是，不清楚作祟的原因是什麼。

這類聚落因作祟而毀滅的例子，在近世的隨筆作品中也可看到。比方，《諸國里人談》提到若狹國（現在的福井縣）有一名漁夫殺死御淺明神使者的人魚，引起大風和大地震，大地裂開來，呑沒整座村子，結尾寫著「謂明神作祟也」。

關於D坡發生異事的原因，有人認爲是投屍井裡的孤魂野鬼，也有人說是過去存在的A聚落的死者，眾說紛紜。爲何會有不同說法？以下是我個人的見解。我認爲異象被提出的最早的原因，應該是A聚落毀於天災一事。但隨著時代變遷，眾多居民都遺忘了A聚落的存在。還勉強流傳著A聚落往事的，只剩下D坡上的三戶人家。結果許多居民曾看到的投屍井，逐漸變成引發異象的原因。

參考遇到怪事的受訪者的目擊內容，「黑色的東西」、「黑漆漆的幽靈」，讓人聯想到山崩的犧牲者。

不過，令人介意的是女鬼。本篇作品中，E、K、W都目擊到女鬼。雖然不清楚是否爲同一個女鬼，但其外貌有幾項共通點，頗耐人尋味。

女鬼不同於其他幽靈，沒有被泥濘之類的東西弄髒。此外，身上的衣物也並非現代，而是穿著類似和服的服裝。此外，從E、K聽到的「在嗎？在嗎？」，以及W聽到的女鬼說的「不對」來推斷，女鬼在找人的可能性很高。

這只是我的解釋，但從女鬼刻意抓住W的手確認來看，她是不是在找自己的孩子？那個孩子，是否被捲入了A聚落發生的山崩事故？

☘

我回到望月家時，恰好結城警部和磯警部補正走出大門，應該是剛結束問案。我趁機向兩人表示，我有話要說。

「老師有什麼發現嗎？」

結城警部還是一樣，表情人工，看不出感情，只有嘴巴勾起類似笑意的弧度。

「是的，我大概全都知道了。」

聽到我這麼說，結城警部的眉毛微挑，追問：

「全都知道了？這是指……？」

「望月光輝的失蹤，以及十和田彩葉小姐是被誰殺害的、爲何會全身泥濘。」

「老師的意思是，這兩起事件互有關聯？」

「是的。」

「密室之謎也解開了嗎？」

磯警部補調侃地問。

「這個問題不值得思考。」

「那麼，陣野的不在場證明呢？」

「這個問題也不需要思考。」

我斬釘截鐵地說，於是結城傾身向前：「願聞其詳。」

「在那之前，有件事我希望你們盡速調查一下。」

「調查什麼？」

「上方的墓地應該有一座小沼澤。」

「我聽說過。」磯說。

「我想請警方打撈那座沼澤。」

「這是沒問題，可是要打撈什麼？」

「光輝。」

幾個小時後，在沼澤底部找到面目全非的光輝。光輝的遺體裝在放有重物的行李箱裡，沉入沼澤。遺體被打撈上來後，搬運到共同墓地，待雙親前來認屍。

面對兒子的遺體，望月法子沒有失去理智。旁邊的大樹也用力咬緊下唇，彷彿正在強忍悲痛。互相扶持的夫妻，那模樣雖然堅強，卻也教人心碎。

目送遺體離開後，法子握住我的手：

「謝謝妳找到光輝。」

法子冰冷的手，以及微弱的聲音，讓我只能默默點頭。

望月家的人離開後，我在共同墓地的中央，應機器人刑警和小和尚刑警的要求，進行詳細說明。

「老師怎會知道那孩子的遺體在那裡？」磯警部補問。

「因爲十和田小姐的屍體全身泥濘。」

「這是在打禪語嗎？」磯苦笑道。

「抱歉，我依序說明。」

我端正站姿，和兩名刑警面對面。

「上個星期五，應該在自家庭院玩耍的望月光輝突然失蹤了。附近沒有人看到可疑人物，狀況宛如神隱。這也是當然的，因爲光輝就是在自家附近遭遇事故。光輝大概是追逐野貓，跑出馬路，就這樣進入附近民宅的庭院裡，然後不小心被車撞死了。坡道上的三戶人家從以前就是好鄰居，光輝想必平常就會進出若田家和矢吹家。」

進出望月家的白貓。那隻貓就是光輝失蹤的重要關鍵。

「從遺體的狀態，確實可看出車禍的痕跡。」磯表示同意。

「如果肇事者的車子有明顯的凹陷，警方或許會立刻發現。但撞到光輝的是老舊的小卡車，原本就有許多髒污和凹陷，肇事痕跡並不明顯。後來，肇事者害怕車禍曝光，可能把光輝的屍體藏到自家其他車子的後車廂。然後，等待警消人員搜索結束，再到那座沼澤棄屍。」

說到這裡，我暫時打住。

兩名刑警熱切地點著頭，筆記要點。

「然後，一星期過去，那天夜晚，就在那面斜坡的下方，十和田彩葉小姐被陣野先生殺害了。從狀況來看，應該是突發性的犯罪。幸好周圍很暗，也沒有人。因此，陣野先生想到可僞裝成十和田小姐在攝影時不愼摔倒，撞到頭而喪命。」

「這底下就是凶案現場？」

結城警部探看斜坡。

「是的。接著，陣野先生爲了洗掉身上的泥污和證據，前往純泡湯的溫泉。回到公民館，他算算時間差不多了，便聯絡我。這是爲了讓我一起在斜坡下找到身亡的十和田小姐。然而，去到現場一看，十和田小姐的屍體竟不在那裡。我想陣野先生肯定心急如焚。」

「那麼，是誰把被害人的遺體搬到公民館的？」結城警部提問。

「是撞死光輝的肇事者。陣野先生爲了工作，跑去墓地和墓地後方調查，肇事者想必非常害怕。光輝的屍體就棄置在那附近，而且自己也有可能在棄屍時留下某些痕跡，難保不會被陣野先生發現。」

「說的也是。」

「肇事者應該經常偷偷跑去觀察陣野先生調查的樣子吧。尤其是昨晚，還有拍照攝影工作，所以肇事者擔心地前來查看，卻發現十和田小姐的屍體。從時間來看，是陣野先生去泡溫泉的時候。肇事者想要避免屍體在那裡被發現。因爲那裡就在他棄屍的現場旁邊，無論如何他都想避免警方調查這一帶的狀況。所以，他才把屍體和作爲凶器的石頭搬運到公民館。」

「歹徒的心理我可以理解，但那些泥巴到底有什麼用意？」

「是爲了掩蓋十和田小姐衣物上的泥土。如果屍體保留原狀，鑑識人員會從毛髮和衣物上採集泥土樣本檢驗，查出第一現場。這樣一來，刻意移動屍體就失去意義了。所以才把十和田小姐的屍體抹上泥巴。而且爲了更容易查到泥土來源，刻意從旁邊田地醒目的地方挖過來。然後，如果只把十和田小姐的遺體用泥巴蓋住，可能會讓原本的目的曝光，因此也一併用泥巴弄髒公民館內部。」

歹徒眞正想要弄髒的，只有十和田的屍體。連公民館的地板都抹上泥巴，完全是障眼法。

「屍體也有可能用水沖洗過。就算弄濕，反正之後要抹上田土，看不出來。歹徒全部處理完畢後，鎖上門離開現場。他約莫是想藉由鎖門，坐實陣野先生就是凶手的事實。」

「結論就是，凶手是若田洋司，對嗎？」

結城警部問，我點點頭回答「對」。

我實在不願親口說出若田的名字。不管怎麼說，若田洋司都曾有恩於我。即使他奪走我朋友的寶貝兒子的性命，我還是不願意指出他就是凶手。

「他爲了隱瞞自己的犯罪而動的手腳，以結果來說，卻反過來證明了陣野先生的不在場。」

聽到我的話，磯警部補嘆氣：「壞事眞是做不得啊。」

後來，若田洋司和陣野眞葛分別坦承了自己的罪行，若田和陣野可能生性膽小，似乎承受不了殺人的罪惡感，潰堤似地自白供述。

雖然很不醒目，但若田的小卡車後方檢查出發生事故的痕跡。此外，銀色的自用轎車後車廂，也採集到微量的光輝的血跡。

對於害死光輝，若田似乎後悔萬分。那天他從車庫倒車，開出小卡車時，沒發現光輝在院子裡找貓，不小心撞死了他。

「看到小光一動也不動，我不禁感到害怕。」

據說，若田啜泣著如此供述。

另一方面，陣野則是供稱，十和田提出要分手，他一時氣憤，抓起旁邊的石頭打了她。兩人從三年前就開始不倫戀，但不單純只有男女關係，陣野也會介紹工作給十和田。

「她能搞到開個展，全靠我的提拔，然而她卻不知感恩……她是個忘恩負義的女人。」

陣野這麼唾罵十和田，負責偵訊的結城警部相當傻眼。不過，關於十和田的屍體移動到公民館這件事，陣野說「我眞的以爲是泥濘坡的詛咒」，不難想像那天晚上，陣野一定是身陷戰慄之中。

此外，雖然與事件並無直接關係，但警方在打撈沼澤尋找光輝的屍體時，發現了某樣東西。是人骨。沼澤底部打撈到幾具疑似兒童的骸骨。不過每一具都非常古老，警方似乎判斷沒有犯罪嫌疑，並未更進一步調查。

於是，以泥濘坡爲舞台的悲劇，彷彿被寒雨沖刷一般，靜靜落幕。

呻木叫子未公開的稿件

最後，我想記錄一下在當地調查時遇到的怪事。

事情發生在我留宿H家的期間。

那天，我們在H的房間，聊天喝酒到午夜以後（這天只喝三罐啤酒，並不算多）。當時聊的是與D坡完全無關的事，也不是怪談。我們有一搭沒一搭地聊著彼此的戀愛和將來，總之是年輕人稀鬆平常的話題。

凌晨一點多，我們覺得差不多該睡了，H躺在自己的床上，我在她旁邊打地鋪。白天在村子各處走來走去，相當疲倦，又喝了點酒，我難以招架強烈的睡意，兩三下就落入夢鄉。

夜半我忽然醒來，拿起枕邊的手機一看，是凌晨三點。我感到尿意，去H房間前面的廁所小解，再次回到被窩時，聽見外頭傳來人聲。

「在嗎……？在嗎……？」

聲音幽微，但確實是女人的聲音。

我莫名恍悟：「啊，就是這個。」

這時，H唐突地一挺身，坐了起來。我以爲吵醒她了，正要道歉，只見H閉著眼睛，應了一聲「在這裡喔」，又躺了回去。

H應的那聲「在這裡喔」，不是她平常的聲音，而是稚嫩的童音。

我嚇了一跳，以爲H在夢遊，但又覺得特地再叫醒她也有些過意不去，決定就這樣回去睡。

即使側耳細聽，也沒再聽到「在嗎……？」的呼喚聲。

隔天早上，我問H夜半發生的事，她說「我不記得」，還反過來問我：「咦，我有說那種話嗎？」

研究所畢業後，我搬回故鄉栃木縣，H也在老家附近找到工作。我們再也沒有直接碰面，但現在仍會互傳訊息或打電話。

前些日子，我接到H的喜訊：「我要結婚了。」

我想像著那道「在嗎……？在嗎……？」的聲音響徹D坡的樣子。

H現在是否還會回應「在這裡喔」？

我很擔心H往後會怎麼樣。

☘

進入七月以後，我再次接到福島縣警結城警部的聯絡。

這天，爲了電視節目錄影，我來到埼玉縣久喜市的某家廢棄工廠。這裡是當地知名的靈異景點，今天要出外景到三更半夜。

「若田洋司死了。」

電話另一頭，結城的聲音沉重萬分。

「咦？」

「移送檢調後，若田的健康就出了狀況，住院了一段時間，結果在今天凌晨時分過世了。」

「他是生什麼病？」

「這……不清楚。直接的死因是心臟衰竭，在這之前就一直高燒不退，醫生說有可能是感染。不過，臨死之前，他好像大喊『小孩子過來了』。該怎麼說，那種狀態就像是遭到死者作祟……」

不，那不是光輝在作祟。

一定是那座沼澤在作祟。

我輕描淡寫地提出下一個問題：

「在打撈光輝的遺體時，進入沼澤的搜查人員當中，有沒有人出現什麼異狀？」

結城警部的聲音明顯變得驚慌：

「妳、妳怎麼知道……？」

我認爲自己有責任，建議他盡快請同仁去找人驅邪。

因作祟而滅村的聚落——青沼。元凶或許就在那座沼澤裡。眞相只有在沼底發現的古老骨骸知曉嗎？

冷凍哈密瓜怪談

我的朋友是怪談作家，呻木叫子。

當然，這麼古怪的名字不可能是本名，而是筆名，但她的本名叫梅木杏子，發音完全一樣。她平常只上淡妝，服裝也非常樸素，如果只看外表，是個相當普通的女人。不，搞不好比普通女人還要不起眼。她性情文靜，也不會做出任何古怪的言行，卻把自己的筆名取爲「呻木叫子」，精神結構絕對不一般。

呻木叫子這名作家最大的特色，就是對神祕現象無窮盡的執著。這簡直是一種病，無時無刻不想著靈異現象、幽靈妖怪之類。日常對話有八成都跟超常現象脫不了關係，所以跟她一起吃飯喝酒，總是會引來旁人的側目。

同桌的我極力散發出「我並非同類」的氣場，但聊著聊著，有時會不由自主地跟著說出近似怪談的內容。我本來就不討厭鬼故事或神祕的事物，要是別人認定我們是一丘之貉，或許也是沒辦法的事。

對呻木來說，怪談作家就像是她的天職吧。她心血來潮，就會去蒐集怪談，甚至再三前往現場，訪談相關人士。她的表現有時候比身爲警察的我更像警察，她還會極爲自然地說出「現場要造訪一百遍」這種警界格言，這一點或許值得效法。

七月初旬，呻木遇上一場災禍。

她去埼玉縣某座廢棄工廠出外景，錄製深夜靈異節目時，頭部受傷，陷入昏迷，相當嚴重。警方朝意外事故和犯罪兩種方向展開調查。

我從網路新聞得知這件事，連忙聯絡埼玉縣警本部的朋友。

「哦，那起案子啊……」

朋友說，案子雖然不是他負責的，但因爲被害人是個小有名氣的作家，他也耳聞了案情的大概。我說明我和被害人是朋友，問出呻木受傷的大致情況，以及她住院的地方。

呻木受傷的現場，是久喜市一家廢棄工廠。那裡原本是玩具工廠，約十年前關閉了。工廠老闆現在仍是那裡的地主。

「那裡好像是當地知名的靈異景點。常有國高中生試圖非法入侵，被警察抓去輔導。」

朋友嗤之以鼻地說。

節目製作公司向地主徵得同意，從白天開始錄影，一直拍到日落以後，時間很長。工作人員不多，一名女導播兼攝影師、兩名男副導。演出者除了呻木叫子以外，還有一名女偶像明星，她的經紀人也在現場。換句話說，包括被害人在內，共有六名事件相關人士。

呻木是在深夜攝影的時候受傷。呻木待在設有夜視攝影機的地方，等待靈異現象發生。這時，忽然有東西從頭頂落下，呻木不幸被砸中受傷。

因爲建築物很老舊，二樓天花板破了洞，固定柱子的螺絲也有些鬆脫，似乎還有白鼻心和貉等野生動物進出。加上不時有年輕人非法入侵，即使有垃圾雜物從二樓落掉，也是很自然的事。但直擊呻木腦門的東西，十分令人意外。

「據說，掉到被害人頭上的，是一顆冷凍哈密瓜。」

聽到這句話的瞬間，一股不舒服的感覺自胃底翻湧而上。不是嘔吐感也不是鼓脹感，而是一種令人極爲不快的感覺。

朋友說，掉下來的東西太奇特了，實在不可能是單純的意外。啊，朋友是埼玉縣警的人，所以不知道嗎？

——東京都內發現多具死因成謎的屍體，旁邊都有一顆冷凍哈蜜瓜。

——冷凍哈蜜瓜從天而降，造成不特定多數人死亡。

儘管荒唐無稽，但在警視廳內部，這是非常有名的都市傳說之一。

而且，呻木叫子是在調查這個傳聞的時候突遭奇禍。

「喂，高梨？高梨！妳還在聽嗎？」

現實感一下子變得稀薄，電話另一頭呼喚我的朋友聲音感覺格外遥遠。

呻木叫子的原稿1

世上有所謂的「會傳染的怪談」。

也就是聽到怪談的人，會實際遇到怪事或是災禍，代表性的怪談就是「鹿島小姐（註）」。這個怪談有各種版本，在此就不詳述，但據說只要聽到鹿島小姐的怪談，接下來就會實際遇到鹿島小姐的幽靈。簡而言之，就是怪談侵蝕到現實世界來了。

接下來要介紹的，或許也算是這類會傳染的怪談。

現任警察T是我學生時期的朋友，我們偶爾會一起去喝酒。T從以前就容易遇到奇妙的現象，成爲警察以後，也曾在命案或事故現場遇到怪事。我就是想聽聽這類體驗，所以經常邀T一起喝酒。

T應該覺得這是私人聚會，但對我來說，因爲也兼訪談，多半維持工作模式，老實講，我沒有一次是完全放鬆與T吃飯的。不過，可以熱烈討論超自然現象，我相當滿足。

從T那裡聽來的內容，有幾則收錄在我的作品中，但這次我聽到有些奇特的事。

這是警方內部流傳的奇妙傳聞。

註：鹿島小姐（カシマさん）爲日本的都市傳說，有各種稱呼，鹿島大明神、鹿島靈子、假死魔靈子等等。基本情節爲得知怪談內容或悲慘事件的人，會在電話或夢中被問到問題，答錯就會死亡或遭遇慘禍，版本眾多。

「約莫是從二十年前開始，有時候會發現奇怪的屍體。」

屍體並沒有特別異樣之處，也沒有嚴重損毀。單純是頭部有傷，頭蓋骨凹陷，這是直接的死因。然而，一旁都會掉落一顆沾上被害人血跡的哈蜜瓜。大多時候哈蜜瓜都破了，果肉橫流，引來一堆飛蟲，那副景象比屍體更醜怪，而且非常臭。鑑識人員調查哈蜜瓜之後，發現中心是凍結的。更進一步調查，發現哈蜜瓜曾整顆冷凍過。

「從某種觀點來看，現場狀況就是一顆冷凍哈蜜瓜從天而降，砸死被害人。」

屍體有時陳屍在無人的河岸，或是在商業區、住宅區。幾乎都是在東京都內，但據說罕見地也曾在關東近郊的其他縣發現，犧牲者的數目從二十人到三十人，眾說紛紜。

冷凍哈蜜瓜從天而降，砸死不特定多數人。這實在相當荒謬離譜，但世上有所謂的「動物從天而降現象」（Fafrotskies: Falls from the skies），代表性的例子，曾有大量的魚和青蛙從天上掉下來。這些事例透過美國作家及超常現象研究先驅查爾斯・福特（Charles Hoy Fort）的介紹，逐漸廣爲人知。除了魚和青蛙以外，過去也確認有石頭、冰塊、類似血液的液體、碎肉、鳥等各種事例，在日本，也有引發幕末群眾運動「有什麼不好」（註）的神社神符從天而降事件等等，都包括其中。

因此，冷凍哈蜜瓜從天而降這件事本身，放眼全世界，並非特別古怪的事例。這件事的離奇之處在於別的地方。

警方一開始懷疑有牽涉犯罪的可能性，於是展開調查。說是理所當然也是理所當然，搜查本部認爲這可能是同一名凶手犯下的連續殺人案。因爲是搜查上的重要證據，現場遺留哈蜜瓜一事，警方密而不宣。不管是對媒體或涉案人士，都下達嚴格的封口令，防止模仿犯出現。

「如果這是他殺命案，必須盡快將凶手逮捕歸案。可是，如果傳出犯案手法這麼搞笑，也許會有人模仿，或者跳出來宣稱自己是凶手，跑出一堆莫名其妙的人。爲了避免造成第一線的混亂，無論如何都必需保密哈蜜瓜的事。」

然而，眾口難防。涉案人士當中，還是會有人不小心洩漏有關哈蜜瓜的機密。結果……

「結果那個人就成了下一個犧牲者。換句話說，向別人洩漏現場掉落哈蜜瓜這件事的人，會被發現陳屍於某處。」

這年頭社群媒體普及，個人可不經思考地公開資訊，讓消息轉眼傳遍全世界。所以也有人懷著好玩的心態，將剛好拍到的冷凍哈蜜瓜照片等上傳到網路。

「這幾年被害人的數目好像一下子增加了。以前一年頂多就一個，但聽說現在一年會死上五、六個人。」

「可是，這是傳聞吧？」

註：「有什麼不好」（ええじゃないか）是一八六七年（慶應三年），因神符從天而降而引發的一連串伴隨著瘋狂舞蹈的群眾運動。民眾高唱著「有什麼不好」，舞蹈並闖入富人村長等權貴人家，砸毀物品。一般認爲反映出幕府崩壞前的社會改革風潮。

我反問，T苦笑著說「是啦」。

「如果不是傳聞，早就轟動全日本了吧？」

隔天，我在網路上搜尋「冷凍哈蜜瓜」。幾乎都是「哈蜜瓜可以冷凍保存」這類實用資訊，教人如何把哈蜜瓜切塊之後存放在冷凍庫。搜尋圖片和影片，也只看到美味多汁的哈蜜瓜，未能發現T告訴我的關於離奇死亡事件的貼文或留言。

因此，我接著聯絡其他的警界朋友和熟人。

以前我爲了向警方人員蒐集怪談，請T介紹我幾位現職警察。其中有幾人後來仍保持聯絡，現在仍偶爾會向他們採訪。

從T的個性來看，不可能是瞎掰的，但爲求慎重，我還是想聽聽其他警界人士的說法。我問了冷凍哈蜜瓜的事，結果每個人都知道這個傳聞。

「是都市傳說啦。」

A如此一笑置之。

A是T的同事，似乎有一點靈異體質，曾在命案現場目擊到怪東西，或是在辦案時遇到被害人的鬼魂。平常她都會一本正經地講述怪談，但關於冷凍哈蜜瓜，卻似乎完全不信。

「哈蜜瓜從天而降？又不是奇幻世界。」

我向A說明動物從天而降的現象，反倒引得她興致勃勃，令我印象深刻。

相對地，任職於鑑識課的R。不光是相信冷凍哈蜜瓜之事，還主張有一個極機密的搜查本部。

「雖然是搜查本部，但規模不大，聽說現在這些案子仍被當成懸案，由某個小組負責偵辦。」

這是R聽學長說的，學長說他的上司曾回收現場發現的哈蜜瓜，並交出報告書。學長的上司——這樣的關係很像都市傳說中常見的「朋友的朋友」，是不認識的關係，因此，客觀可信度令人存疑，但R本身似乎相信冷凍哈蜜瓜是真實存在的事。

就像這樣，每個人對這件事的態度或冷或熱，但足以確認冷凍哈蜜瓜的傳聞是確有其事。

聽到冷凍哈蜜瓜的事以後，過了約三個月的某個星期日，我再次和T碰面。

T說「我有件事想跟妳說」，問我方便在哪裡碰面。

這天我預定去神保町的舊書店街物色資料，便與T約在大書店地下的洋食屋。

T平常說話嗓門不必要地大，但這天剛碰面就壓低音量說「這件事妳不要說出去……」，讓我直覺事情非同小可。

T告訴我的內容如下：

四天前，T和上司N警部一起前往現場。由於事涉搜查機密，不能交代詳細地點，不過是私鐵沿線公寓林立的地區一隅。時間是凌晨五點多，轄區搜查人員已在現場進行作業。

面對高樓住宅的路上，躺著一具年輕女子的屍體。頭部流出大量鮮血，染濕了柏油路面。乍看之下，是轄區警察自己就能處理的現場。可是……

「女屍旁邊……有一顆哈蜜瓜。」

T知道冷凍哈蜜瓜的傳說，露出不可置信的表情，瞪著路上那顆破裂的哈蜜瓜。

「這就是傳說中的哈蜜瓜嗎？」他忍不住問N警部，結果好像被無視了。

「其他刑警，還有鑑識人員，沒有一個人提起那顆哈蜜瓜。當然，是把它當成遺留在現場的物品調查，可是那種地方有顆哈蜜瓜，顯然很不對勁，卻沒有任何人質疑這一點。我猜想，或許只是我不知道而已，但在現場不能隨便提到哈蜜瓜，似乎是一種默契。」

從女屍的隨身物品，立刻就查到了身分。是住在附近的粉領族，現場那條路，是被害人的上下班路線。事後更進一步查明，被害人跟朋友喝酒的時候，提到她以前曾發現身分不明的屍體，旁邊掉落一顆哈蜜瓜。

「我本來以爲就是個傳聞，所以眞的嚇死了。」

我也一時難以置信。但T的態度顯然異於平常，而且對狀況的說明鉅細靡遺，實在不像在撒謊。

「欸，如果冷凍哈蜜瓜的事不是傳聞，而是事實，代表實際發生過相同的事件，對吧？」

我確認似地問，T點點頭：

「唔，會是這樣呢。」

「那麼，應該會成立搜查本部，或至少有承辦的刑警吧？」

鑑識人員R的話頓時充滿眞實性。

「應該是。」

「知道是誰嗎？」

T交抱雙臂，靠到椅背上：

「應該……知道吧？又不是什麼機密。」

「那麼，你可以低調地查一下嗎？」

「查？我嗎？」

「對啊，你不是很好奇嗎？」

「是很好奇啦……」

「第一步就是調查最古老的案件紀錄。我想知道冷凍哈蜜瓜的事件，到底是從什麼時候開始的。」

「好。唔，我會盡量試試。」

T看起來不是很起勁，但我開始對這一連串事件感到好奇了。

☘

呻木叫子在埼玉縣內的醫院療養，除了家人以外，謝絕會面。我還是去了一趟醫院，把探望的禮物交給呻木的家人。家人轉述醫師的說法，說腦部似乎沒有損傷，應該很快就會恢復意識。聽到這番話，我才放下心來。

接著，我想瞭解呻木受傷時的具體狀況，於是前往事發當天負責錄製節目外景的，那家神田的影像製作公司。

那家位於老舊住商大樓二樓的「白骨庵」有限公司，比想像中小。事務所裡沒什麼人，但器材資料等堆得滿坑滿谷，予人一種安靜卻熱鬧的印象。顯眼的地方貼著電影和電視節目的海報，但沒有一個是我知道的。

我被帶到以屏風隔開的接待區。幸好這個空間相當整潔，我安心地吐出一口氣。沙發旁邊擺著觀葉植物。

負責節目的女導播自稱鱷口，看上去約莫二十五到三十五歲之間，但因為妝濃得很不自然，年齡難以捉摸。她穿紅色薄夾克配牛仔褲，戴著有ＮＡＳＡ標誌的粉紅色鴨舌帽，這身打扮讓人完全看不出現在是夏季。露出鴨舌帽外的一點頭髮染成了金色。

我說明不是作為搜查人員，而是以呻木叫子的朋友身分，想要瞭解當天的狀況。結果鱷口輕快地回應「呻木是我大學的學姊喔」。這麼說來，呻木提過她有個從事影像工作的朋友，似乎就是鱷口。更進一步探聽，鱷口說上個月呻木在愛媛被捲入命案時，她也和呻木在一起。

「總覺得最近呻木學姊諸事不順。」

得知呻木叫子是我們共同的朋友，鱷口以熟不拘禮的口吻說明事情原委。

「那個節目，本來是偶像團體的宣傳企畫的一部分。高梨小姐知道『銀河魅影』這個五人團體嗎？」

「不知道。」

「我想也是。這是內行人才知道的超自然系偶像團體。」

「超自然系？」

「對。每一名團員分別精通幽浮、未知生物、靈異之類的專門知識，歌曲也充滿超自然元素。她們也在超自然雜誌《ＭＯ》上面有連載，在那個圈子滿有名的，但在一般大眾眼中的知名度極端地低。所以要在ＢＳ電視台的深夜時段開一個她們的宣傳節目，節目名稱長得要命，叫『銀河魅影的銀光閃閃鬼影幢幢』。先聲明，這節目名稱不是我取的喔。」

事發當天，最先抵達現場的是鱷口和兩名男副導播鮫島和辰野。三人在下午三點抵達廢棄工廠，將工廠外觀和內部拍攝了一遍。

「這是你們第一次去現場嗎？」

我問，鱷口搖搖頭說「不是、不是」。

「我們事前有去場勘。一個星期前，我和呻木學姊一起去了現場，當時地主的淺野老先生也陪同。」

「呻木也一起？」

「對喔。其實這次的外景，是我去問呻木學姊有沒有什麼合適的地點，她說久喜以前做玩具的工廠如何？呻木學姊在自己的書中寫過那裡的怪談，約莫就是那時候認識地主淺野先生，跟他熟起來的。淺野先生說，如果是呻木老師的介紹，願意讓我們攝影。」

「具體來說，那家工廠有什麼怪談？」

「工廠還沒倒閉以前，就傳說有死掉的員工的鬼魂出沒。還有，那名員工過世的地點，會突然傳出慘叫聲。變成廢棄工廠以後，也聽說有類似小孩子的鬼魂出現。」

這個靈異景點的鬧鬼花樣，似乎比想像中還要多。

「呻木以前也參加過節目錄影嗎？」

「對，這大概是第三次吧？銀魅的靈異擔綱牛腸夏鈴上節目的時候，呻木學姊幾乎都會來。哦，不是呻木學姊比較特別，其他成員上節目的時候，也會請來幽浮專家，或超古代文明的專家。」

鱷口說完，話題回到事發當天的狀況。

淺野玩具工廠的廢墟，原本還附設事務所，但事務所現在已拆除，只剩下工廠本身的建築物。其實，五年前發生過遊民溜進事務所住下來，引發小火災的騷動。雖然只燒掉事務所的一小部分，但基於安全考量，將其拆除了。

工廠是朝東西延伸的細長方形建築物，出入口有兩處，位於西南側的兩片拉門，以及一般稱爲後門的北側的門。不過，後門現在上了鎖，還從外面釘上木板，完全無法使用。平常正門也會掛上大型鎖頭，外景攝影當天，鱷口向地主淺野借了鑰匙（附帶一提，沒有向淺野借後門的鑰匙）。

南側和北側都並排著大窗戶，不過以廢墟來說，相當難得的是，窗玻璃只破了兩片，其餘完好無缺。因爲工廠鄰近住宅區，過去還在經營時，安裝了隔音效果較好的厚玻璃。但南側的兩片玻璃還是遭到不法人士損毀，現在用三合板釘起來。基於防盜考量，不用說，所有窗戶都從內側鎖上。

工廠內的機器已搬走，接近全空。雖有疑似非法入侵的年輕人留下的塗鴉和一些非法投棄的垃圾，但整體來說，算不上荒廢。廠主淺野說，除了廢棄工廠的門窗意外地堅固以外，前方道路都有派出所員警巡邏，因此想要入侵工廠，或是在裡面亂搞而不被發現，是難如登天。

「我希望更有廢墟感一點，比較有氣氛，但那個地方滿整潔的。」

工廠一部分有夾層二樓，可從金屬階梯上去。從整體來看，是東側約三分之一的空間，那裡的設備也都清空了，基本上什麼都沒有。不過金屬地板已老朽，到處開洞。

這次的攝影，是怪談作家呻木叫子和偶像明星牛腸夏鈴，到深夜的廢棄工廠出外景。首先兩個人一起行動，巡視整座工廠，接著各自守在據傳鬧鬼的地點，在夜視攝影機的鏡頭下，等待靈異現象發生。

呻木守在通往二樓的階梯附近。以前有員工從二樓跌落死亡，據說現在仍會聽到慘叫聲。

牛腸則在經常目擊到孩童幽靈的入口附近準備。不知爲何，有人會從外面帶來一些玩具，營造出祭拜孩童亡魂般的奇妙景色。

「工廠裡並沒有死過孩童。附近也沒有。可是進入廢棄工廠後，很多人都說看到小孩。實際上，淺野先生以前也曾看到陌生的小孩，想要提出警告，小孩卻從眼前消失不見。網路上有人說，會不會是座敷童子？但呻木學姊說，可能是人偶的靈。」

人偶的靈，是怎樣的靈？雖然好奇，我還是想先瞭解事發當天的狀況，於是催促她往下說。

下午五點半，鱷口接到呻木叫了的聯絡，她已抵達最近的車站，副導播鮫島前去接她。三十分鐘後，牛腸夏鈴搭乘經紀人深見紳吾開的車抵達現場。

眾人簡單開會，討論了約一小時，確認攝影流程，呻木、牛腸、深見先在一旁待機，鱷口等工作人員則進行器材的最後確認。

「工廠裡面總共設置三台夜視攝影機。呻木學姊和夏鈴等待的地點各一台，然後工廠中央——後門的位置那裡——也有一台。三台攝影機拍到的影像，會傳送到設置在工廠外面的螢幕上。」

接下來，在周圍落入夜色的晚上八點開始錄影。

基本上，鱷口是導播兼攝影師，負責拍攝呻木和牛腸。兩名副導播在旁邊提供各種支援。深見紳吾盯著攝影狀況，同時負責監視有沒有閒雜人等跑來看熱鬧。

「在廢棄工廠前面拍完開場，接著進入工廠拍攝。大概九點半左右吧，我們中間休息一下。」

副導播辰野留在現場，其他工作人員去了徒步約十分鐘的超商，在那裡借廁所、買飲料等輕食，回到現場時，剛過晚上十點。接下來，預定由呻木叫子和牛腸夏鈴待在據傳會鬧鬼的兩個地點，進行約三小時的錄影。這時正門會關閉，工廠內陷入徹底的黑暗。兩名來賓雖然都拿到ＬＥＤ手電筒，但都被交代盡量不要使用。

這段期間，鱷口等三名工作人員和深見離開工廠，透過設置於正門前的螢幕即時確認工廠內的狀況。

「具體來說，離門口多遠？」

我問，鱷口說「幾乎就在門前」。

「萬一有外人闖進去就糟了，所以我們把螢幕放在距離門口兩公尺外的地方，這樣隔著螢幕也可監視門口。」

攝影開始，確定器材都正常運作後，鱷口指示辰野休息。辰野說「我去一下超商」，離開現場。

事情發生在約二十分鐘後，晚上十點三十五分。

拍攝呻木叫子的攝影機留下了那一瞬間的影像，因此，我也請鱷口讓我看了實際的影像。

雖然是夜視攝影機的影像，但畫質相當清晰，可清楚看到周圍的景象。

呻木一開始坐在折疊椅上。沒多久，她站了起來，探看階梯周圍，或是仰望上方，四處亂動起來。接著，極為唐突地，一道震耳欲聾的慘叫聲響徹四下。

「咦？」

呻木嚇得停步，同時，有東西從上方掉下來。

那個圓狀物體直擊呻木的頭部。

呻木當場癱倒。

朋友遭遇悲劇的瞬間如此清晰地保留下來，讓我感到十分震撼。

「妳還好嗎？」

鱷口擔心地問看了影片的我。

「嗯，還好。這道慘叫聲，不是呻木的叫聲吧？」

「不是，是不折不扣的靈異現象。」

鱷口表情嚴肅地這麼說，但我實在半信半疑。因為我覺得這類節目都免不了造假。

不過關於這一點，晚點再來研究。

「那麼，一看到影像，你們就立刻進去工廠了吧？」

「對。爲了愼重起見，我要鮫島留在原地，並交代他聯絡還沒有從超商回來的辰野，我和深見先生先進去裡面。待在裡面的夏鈴一臉蒼白地問：『剛才的慘叫聲是什麼？』我只告訴她呻木學姊遇到意外，三人一起往工廠裡面走去。只見呻木學姊仰躺在地上，旁邊掉落一顆凍得硬梆梆的哈蜜瓜。」

然後，鱷口確定呻木失去意識，打電話報警和叫救護車。

「那個時候就報警了啊。」

「有冷凍的哈蜜瓜砸到頭上耶。這與其說是事故，更像是人爲故意造成的吧？」

「唔，也是。」

確實，夏季的廢墟裡，不可能憑空出現一顆冷凍哈蜜瓜。

「我認爲有人躲在二樓，立刻上去查看，可是沒有人。」

鱷口咬牙切齒地說。

警方調查之後，證實呻木受傷的原因就是那顆冷凍哈蜜瓜，是從廢棄工廠二樓的高度落下直擊造成的。

攝影期間，在封鎖的廢棄工廠裡，有人將冷凍哈蜜瓜投向呻木叫子的頭頂。同一個空間裡的牛腸夏鈴，一直被夜視攝影機拍攝著，沒有做出任何可疑的行動。門口有鱷口等人守著，不可能有人入侵。實際上，設置在廢棄工廠內的攝影機，並未拍到任何可疑人物。此外，呻木倒地、鱷口等人進入工廠內、救護車抵達前，也沒有人離開廢棄工廠。這一點由守在外面的兩名副導播證實了。

換句話說，在密室當中，有人把冷凍哈蜜瓜丟到呻木叫子的頭上。

密室與冷凍哈蜜瓜……

豈不是「那起事件」的翻版嗎？

我感到雞皮疙瘩爬滿了全身。

呻木叫子的原稿2

後來不到一星期，星期四T就找出冷凍哈蜜瓜的第一個案子。由於意外地迅速，我對T的調查能力刮目相看。然而，實際從T那裡聽到案子的報告，我卻有種失落的感覺。

因爲那起事件，是我也知道的有名懸案。

我和T約在我家附近的串燒店碰面。

在炭火的焦香與醉客對話喧嘩刺耳的空間裡，我們各自喝著杯中的生啤酒。基於談話內容的性質，我們不太想被周圍聽見。因此，選擇人聲鼎沸的串燒店，而不是安靜的咖啡廳。

「九〇年代末期，有一起占卜師夏目龍子遇害的案子，對吧？」

「咦，那就是冷凍哈蜜瓜登場的第一起案子嗎？」

「好像是。」

那起命案由於發生在世紀末，加上命案現場遺留著神祕痕跡，眾人都說是惡魔的腳印，媒體爲之喧騰一時。

過去在英國，曾有好幾個發現神祕腳印的例子，被稱爲「惡魔的腳印」。其中最有名的是一八五五年二月九日早晨出現在德文郡南部各鎮的腳印，有貌似驢子鐵蹄的二足步行足跡，在雪地上排成一列。這腳印不只出現在原野，也在屋頂上發現，甚至躍過高牆等等，村民譁然，認爲那是惡魔的腳印。

T所說的占卜師命案，現場的雪地也留下宛如奇妙腳印的痕跡，有人說是惡魔的腳印，或是妖怪的腳印，一時蔚爲話題。進入新世紀以後，仍多次成爲超自然雜誌的主題，所以我知道案件的梗概。

命案發生在距今約二十年前的一九九八年。現場是八王子市的某棟房屋，被害人是住戶夏目龍子，時年四十二歲。夏目家的土地上，有稱爲主屋的日式平房，以及稱爲別館的雙層洋樓。被害人夏目龍子以替人占卜算命爲業。

「夏目龍子的遺體在主屋的書房被發現。死因是腦挫傷。後腦遭類似鈍器的東西毆打，她趴倒在桌上。旁邊的榻榻米上，掉落著沾有被害人血跡的哈蜜瓜。經鑑識調查，那顆哈蜜瓜原本是冷凍的狀態。」

「咦，不可能凶器就是哈蜜瓜吧？」

關於夏目龍子的命案，我看過幾篇報導，從未看過這樣的事實。

「就算是冷凍狀態，哈蜜瓜也打不死人吧？凶器是在書房找到的金屬花瓶。花瓶原本擺在主屋深處房間的祭壇上，平常似乎用來插花裝飾。凶手把花和瓶裡的水倒在祭壇前面，用空花瓶攻擊被害人。現場沒什麼打鬥的痕跡，加上被害人的物品也沒有被帶走，警方認爲不是強盜，而是熟人所爲。我先說明命案經過，其中應該有妳已知道的事，但我先不省略，詳細交代一遍。」

T說完後，開始講述夏目龍子命案的詳情。

夏目龍子家中住著七個人，除了龍子和大她一歲的丈夫光彥以外，還有三名養女及兩名弟子。三名養女從上而下依序是二十歲的瑞穗、十七歲的繪里奈，還有十歲的愛，都是失去父母，被送到育幼院的孤兒，後來被龍子收養。不過事發之前，長女瑞穗便下落不明，家裡也報警了。我以前在周刊報導上看過龍子和三名養女的合照，笑得一臉做作的龍子在中間，身旁圍繞著高眺而眼神知性的瑞穗、身材渾圓氣質文靜的繪里奈，以及比實際年齡更嬌小、長相稚氣的愛。

至於兩個弟子，一個是叫滑川雨月的女性，另一個是叫螺良海人的男性。案發當時，滑川三十二歲，螺良二十八歲。

龍子自己大多在主屋起居，其餘六人（瑞穗失蹤後是五人）都在別館生活。按一般的觀點來看，會覺得較大的別館應該是主屋，較小的主屋是別館，但在夏目家的土地上，好像是先蓋主屋，才又建別館，因此有了這樣的稱呼。

光彥是上班族，從自家開車到職場通勤。繪里奈和愛都就讀附近的公立學校。瑞穗失蹤前，就讀東京都內的私立大學，也是從家裡坐車通學。龍子則是在主屋爲人占卜算命，由兩名弟子輔佐。

龍子的顧客從名流、政治人物到鄰家主婦都有，收費也很一般，二十分鐘三千圓，不過準得嚇人，因此有人不惜千里迢迢而來。夏目家的院子隨時都停著好幾輛車子，用來當等候室的大和室總是熱鬧非凡。

「案子發生在一月中旬的夜晚。從前一天就下著大雪，氣象台的紀錄顯示，八王子的積雪深達三十公分。」

這天晚上，別館發生了一點騷動。

晚上十一點半，三女愛吵著說做了可怕的夢。十歲的小女孩，做惡夢也不是什麼稀罕事，但在夏目家，這似乎具有特別的意義。

「雖然不清楚眞假，但愛這名女孩似乎有所感應。過去她也曾預知會有事故，或是撞鬼，發生過許多不可思議的事。」

這天愛的夢境裡出現惡魔。說是惡魔，也有各種形貌，像是撒旦、巴力西卜、彼列、布耶爾等等，但警方的筆錄似乎沒有這麼詳細的記述。

單獨睡在自己房間的愛太害怕了，於是叫醒姊姊繪里奈。聽到吵鬧聲，尚未就寢的光彥和兩名弟子也都來了，眾人一起討論愛的夢境。那究竟是單純的惡夢，或是某些災禍的前兆？眾人就是要探究這一點。

在這當中，到了午夜零時。

每天晚上，龍子都習慣在午夜零時吃一點宵夜。兩名弟子會決定好排班，每天輪流送宵夜去主屋。這天晚上本來應該是滑川要送，但因爲庭院積雪很深，螺良替她送宵夜。附帶一提，這是螺良主動提出的。

螺良端著宵夜的三明治走出玄關時，雪已停歇。

主屋和別館的相關位置，是主屋建在土地南側，別館建在西側。這時，螺良在玄關燈照亮的積雪上發現古怪的東西。

「剛積上的新雪地面有著點點圓形痕跡，從別館的玄關一路延伸到主屋玄關。」

實際留在現場的，並非惡魔的腳印那種鐵蹄般的痕跡。超自然雜誌指出與英國的惡魔腳印例子雷同，似乎是隨便亂寫的。

「像是有顆球一路彈過去。」

螺良在警方的偵訊中如此回答。

雖然覺得奇怪，螺良還是匆匆前往主屋。當時螺良穿著長靴，但他小心在移動時避免破壞那些圓形痕跡。因爲愛做了惡夢，讓他對這些痕跡十分在意。

舉步維艱地去到主屋一看，似乎從屋內鎖上了，玄關門打不開。不過，以前也發生過這種情況。

晚間，夏目龍子爲了處理遠方透過信件和電話的委託，都會通訊卜卦到很晚，但有時候會累到小睡一下。這種情況，當然會把玄關門鎖上。螺良窺看室內，似乎已熄燈，所以螺良認爲龍子應該睡了。

「欸，主屋的玄關門是什麼樣式？」

「嵌霧面玻璃的拉門，門框是木製的。門鎖是從室內旋轉鎖上的舊式栓鎖。」

「呃，那就沒辦法從室外鎖門嘍？」

「沒錯。」

「這樣出門的時候不會很不方便嗎？一定要有人留下來看家才行嗎？」

「不，主屋有後門，或者說廚房的門，那邊的門是金屬製的一般門。門把上有暗門鎖，可從外面上鎖。出門的時候，好像都走那裡。」

螺良確定玄關門打不開，回到別館，告訴光彥和滑川說龍子睡了。當時家人還聚在起居室，討論愛的惡夢。

最後，光彥說「繪里奈和愛明天還要上學，早點去睡吧」，眾人在凌晨一點多解散。

早上七點，夏目龍子的屍體被發現了。

六點半的早餐時間，龍子沒有現身別館。到了七點，擔心的光彥和螺良前往主屋查看。這時，積在庭院的雪在朝陽下閃耀著，但別館和主屋之間，只留下奇妙的圓形痕跡，以及晚間往返主屋的螺良的腳印。

「光彥和螺良去主屋的時候，玄關門沒有鎖，他們以爲龍子醒了，出聲叫喚，卻沒有回應。最後兩人在書房訝異地發現龍子已死去。」

這裡簡單說明主屋的格局。主屋是木造平房，呈橫長狀長方形。從正面看過去的左邊，是進行占卜算命的空間，右邊是私人空間。

再更詳細介紹每一個空間，進入玄關後，正面是打通兩間和室的佛堂。這個房間也是前來占卜的顧客等候的空間。望過去的左邊是簷廊，那裡有一間八張榻榻米大的和室，是用來占卜的房間。再更裡面有一個六張榻榻米大的房間設有祭壇。右邊有一條短廊，盡頭處是洗手間。隔著走廊，佛堂旁邊是龍子的書房，這裡就是發現屍體的現場。書房右邊有廚房兼飯廳、盥洗室、浴室。廚房後門位於房屋後方，位置在盥洗室旁邊。

「夏目光彥和螺良海人是一起發現龍子的屍體嗎？」

「兩人是這麼說的。筆錄上寫著：『我們以爲她可能在重看通訊占卜的結果，於是前往書房。』」

發現屍體後，爲了慎重起見，光彥和螺良四處查看有沒有人躲藏在主屋。爲了萬一發現可疑人物時能夠自保，兩人一起行動。結果沒能發現可疑人物，主屋所有的窗戶，旋轉式窗栓都鎖著，後門的暗門鎖也鎖著。

報警的電話是光彥打的，警方的紀錄是七點十八分。

現場雖然驗出家人和客戶等許多人的指紋，但關鍵凶器的花瓶上，指紋已被擦掉。書房只驗出家人的指紋，但各處都有擦掉指紋的痕跡。因此，只看現場狀況，無法斷定凶手是家人或是外人。

司法解剖的結果，龍子的死亡推定時刻是晚上八點到十點的兩小時之間。

這段時間，夏目光彥在起居室看電視。滑川雨月和螺良海人在飯廳研究占卜。起居室和飯廳相鄰，光彥聽到兩人交談的聲音，滑川和螺良也聽到電視機的聲音。

晚上九點，滑川沖了咖啡。她問光彥要不要喝，光彥說好，於是她端咖啡到起居室。滑川沖咖啡，只是心血來潮，並非固定習慣。

繪里奈聲稱從八點到快九點的時候一個人洗澡，接下來在自己的房間看連續劇。看完劇，十點她去了廁所一下，然後一直睡到愛吵鬧起來。

愛在接近八點前洗完澡，看了一點書就睡著。而後，她被惡夢驚醒，跑到隔壁繪里奈的房間。

「如果完全相信各人的證詞，行凶時刻擁有完美不在場證明的，只有兩名弟子。八點到九點之間，客廳傳來電視聲，但並未確認光彥是不是眞的在起居室。九點滑川端咖啡過去以後也是一樣。雖然有電視機的聲音，好像光彥在那裡，但並沒有人實際看到光彥。兩名養女一直都是單獨行動，當然沒有不在場證明。」

換句話說，在行凶時間有辦法殺害龍子的，是兩名弟子以外的光彥、繪里奈和愛。但兩名弟子也可能是共犯，互相串供，因此搜查本部認爲這段時間的不在場證明沒有太大的意義。還是小學生的愛也就罷了，其餘四人都有可能是凶手。

「可是，有個問題。」

龍子過世當天，一整天下個不停的雪，在晚上九點停了。除了那道點點延伸的圓形痕跡以外，現場沒有類似腳印的痕跡。那麼，自然應該推斷凶案發生在晚上八點到九點的一小時之間。

但這裡出現一個問題，就是螺良的證詞。午夜零時，玄關門是鎖著的。玄關門是只能從內側上鎖的旋轉式栓鎖。這時龍子已死，上鎖的應該是凶手。更進一步調查之後，發現除了連接主屋和別館的地點外，沒有任何腳印。廚房周圍剛好被籠罩在樹林底下，潔淨的新雪格外完整地被保留下來。

主屋後門的鑰匙，在龍子的書房找到。後門的鑰匙只有這一支。以前有備份鑰匙，據說遺失了。由於主屋很少有完全無人的情況，鑰匙一支就夠了。所以只能推測，凶手在鎖上玄關門後，不知爲何停留在主屋內。

「凶手接下來的動向也不清不楚。」

早上玄關的門鎖就打開了。若從狀況來看，是屋內的凶手開門離開。但發現龍子的屍體時，留在庭院的腳印只有前晚螺良海人的而已。如此一來，代表凶手沒有留下腳印，從主屋憑空消失了。

「如果晚上庭院的圓形痕跡並不存在，可能是凶手踩在什麼東西上面，從主屋移動到別館所留下的痕跡。然而，現場情況完全不是這樣，圓形痕跡半夜就已存在，所以是凶手從別館朝主屋移動，留下圓形的痕跡。」

再加上，如果午夜零時凶手躲藏在主屋，那麼，當時在別館的夏目家每一個人都可以從嫌犯名單上排除了。因爲十一點半到凌晨一點之間，夏目家的人正吵吵鬧鬧地討論著愛做的惡夢。

夏目龍子命案會被說是惡魔所爲，就是基於以上神祕的狀況。

☘

透過鱷口的引介，我得以直接聽到副導播鮫島和辰野的說法。

並坐在會客區沙發的鮫島和辰野，兩人個子都很高，但相對於體格魁梧的鮫島，辰野瘦得像具骸骨。而且鮫島理了個大光頭，眼睛很小，辰野卻是蓬頭亂髮，眼鏡底下一雙大眼睛熠熠放光。兩人打扮一樣，都是黑T恤配牛仔褲（而且T恤圖案都是公司商標的骸骨），看上去卻像截然不同的生物。

「呻木老師受傷時，我跟鱷口姊還有深見先生，一起在螢幕上目擊到那一瞬間。」

鮫島的聲音符合他的外形，低沉從容。每一個咬字都很明確，十分容易聽清楚。

「傳出慘叫聲後，有什麼東西落到呻木老師頭上，我嚇了一跳。鱷口姊立刻走向大門，我要跟上去，但她指示我留在原地，聯絡辰野。」

「然後，你就聯絡了辰野先生。」

「是的。」

「辰野先生那時候在做什麼？」

我問，辰野眨著一雙大眼說：

「我正在從超商回來的路上。」

辰野以沙啞的嗓音回答。

「具體來說，當時你在哪裡？」

「剛走出超商沒多久。我借用廁所，只買了飲料而已。接到鮫島聯絡，我就跑回現場。我到的時候，鮫島站在門前。」

「鮫島先生在門口等待的時候，是面對哪裡？」

「當然是面對建築物。因爲我還是很擔心裡面出了什麼事。」

「兩位會合之後，就一直待在一起嗎？」

辰野回答：

「我想想，我們接到鱷口姊的聯絡，叫我們引導救護車，所以我去了馬路那邊。」

不過，從現場的廢棄工廠門口到馬路，距離只有十幾公尺，並沒有多遠。鮫島說他一直都有看到辰野。

我問救護車和警察抵達之前，廢棄工廠有沒有人進出，兩名副導播都說沒看到這樣的人。

我不清楚搜查本部如何看待這起案子，但這個時候，我開始懷疑歹徒是利用遙控方式，將冷凍哈蜜瓜投到呻木的頭上。因此，我決定確認一下案發前的準備和攝影狀況，而非只關注事發瞬間。

「在廢棄工廠錄影期間，兩位都是和呻木還有牛腸夏鈴小姐一起行動吧？」

辰野回答「對」，鮫島接著補充：

「是的。我們一直都跟鱷口姊、呻木老師，還有夏鈴三個人一起行動。」

「錄影的時候，也上去二樓了嗎？」

「對，白天和晚間的錄影都上去過。」

「當時有沒有在二樓看到奇怪的東西？」

「奇怪的東西？」

「比如，哈蜜瓜之類的。」

「不，沒有。當天拍的影像作爲證據交給警方了，但我們想看看有沒有什麼蛛絲馬跡，檢查得滿仔細的，對吧？」

鮫島這麼說，辰野同意：

「我也查看過影片，不管是二樓或一樓，都沒有拍到特別奇怪的東西。」

考慮到兩名副導播的證詞和影片證據，如果歹徒是利用遙控方式，架設投下冷凍哈蜜瓜的裝置，那就是在呻木和牛腸一起的場面結束，兩人在不同的地方等待的這段期間。鱷口說，這是休息時間，除了辰野以外的人都去了超商。

保險起見，我詢問兩人呻木和牛腸各自就定位之前，有沒有其他人進入現場，但兩人說沒有。

雖然我幾乎不抱希望，但這邊也多虧了鱷口說情，我和「銀河魅影」的牛腸夏鈴和經紀人深見紳吾見到面了。地點是在六本木的LIVE HOUSE。

牛腸夏鈴在這天舉辦的演唱會彩排空檔撥出時間見我。我和牛腸及深見借用觀眾席最後排的座位談話。舞台上，其他四名成員正在確認舞蹈動作。

一開始我就像對鱷口說的那樣，表明我不是以警視廳刑警的身分，完全是作爲呻木的朋友，來向兩人請教。

「刑警小姐也是叫子姊姊的朋友呢。」

牛腸夏鈴留著一頭烏黑長髮，配上白皙細長的臉龐，予人古典美女的印象。手腳修長，身高也有一七〇公分，相當高。聽說她二十歲了，但比起美女，更適合形容爲美少女。這是我第一次這麼近距離和偶像明星面對面，那妖精般的容貌，讓我緊張不已。

「牛腸小姐和呻木很要好嗎？」

「請不要叫我牛腸小姐，叫我夏鈴吧。」

「呃，那麼，夏鈴小姐和呻木……」

「叫子姊姊對我很好。我們每個月會去吃一次飯，我會把聽來的怪談告訴叫子姊姊，叫子姊姊也會把她採訪到的奇妙的事告訴我。」

從牛腸的話聽來，她和呻木見面的頻率，與我和呻木差不多。那麼，可說相當親近。

「碰面的時候，只有妳和呻木兩個人？」

「唔，有時候成昌也會一起，但多半只有我們兩個人，叫子姊姊每次都會請客，所以不太好意思帶別人一起去。還有，我覺得對叫子姊姊來說，跟我吃飯應該算是工作，或者說也兼採訪。」

「事務所都有掌握呻木老師和夏鈴的往來。」

深見紳吾這麼說。他戴著眼鏡，看起來忠厚老實，年紀似乎是三十出頭。穿著短袖襯衫配西裝褲，就像換上夏季清涼商務裝的上班族。

「不過，我們說好，如果呻木老師想把從夏鈴那裡聽到的內容寫成書，要先跟事務所確認一下。」

「我想請教呻木受傷那天的事。和呻木一起錄影的時候，妳有沒有看到什麼奇怪的東西？」

「奇怪的東西，是指幽靈之類的嗎？」

「不不不，不是的。比方，上去二樓的時候，有沒有看到類似機器的東西，或是容器、箱子那類？」

牛腸夏鈴望向斜上方，思索了一下，轉回來說「沒有」。那雙清透的眼睛射出來的視線，讓我一陣小鹿亂撞。我連忙提出下一個問題：

「呃，那天從超商回來，繼續錄影的時候，妳是直接前往自己的位置嗎？」

「是的。我被分配到靠近門口的位置，所以跟叫子姊姊分開了。後來裡面傳出慘叫聲，鱷口姊姊她們過來之前，我一直待在那裡。」

「從妳的位置看得到門口嗎？」

「看得到，可是實際上很暗，看不清楚。啊，不過，要是有人從門口進出，我馬上就會知道。那裡的門非常重，開關的時候，都會發出驚天動地的聲響。」

如果牛腸夏鈴說的是真的，歹徒還是不可能在錄影期間入侵廢棄工廠內部。

「晚間錄影的時候，深見先生一直守在螢幕前面嗎？」

「對，沒錯。」

「然後，哈蜜瓜掉到呻木頭上後，你和鱷口小姐進入工廠裡面。」

「是的。那時候我完全沒有想到會是哈蜜瓜，只覺得有什麼很大的東西從屋頂還是二樓掉下來了。所以——這麼說或許有些冷血，但比起呻木老師的安危，我更擔心夏鈴，所以連忙進入廠內。」

深見入內後，首先確認牛腸平安無事。接著，在急著往前走的鱷口催促下，三人一起趕往呻木身邊。

「呻木老師倒在椅子旁邊。乍看之下沒有外傷，像是睡著了一樣——夏鈴想要摸她，被鱷口小姐制止了。她說因爲撞到頭部，最好不要隨便移動。」

「那時候的鱷口姊姊好可怕。」

牛腸說著「可怕」，表情卻沒有一絲嫌惡或恐懼。

「鱷口姊姊總是一副愛睏的樣子，做事也好像很隨便，那種時候卻能當機立斷，我有點尊敬她。我看到倒地的叫子姊姊，慌得不知所措，什麼忙都幫不上。」

「不，這才是普通人的反應。」

我替牛腸說話，深見也「嗯、嗯」點頭附和：

「說來丟臉，當下我也慌了手腳，看到鱷口小姐這次的應對，眞的學到很多。」

深見鄭重其事地如此總結。

這兩人可能和犯行有關嗎？牛腸夏鈴的行動全都被錄起來了，她應該沒辦法在廢棄工廠裡面任意走動。而深見紳吾在呻木和牛腸一起錄影的期間，在廢棄工廠外面監視有沒有閒雜人等闖進來，休息時間，也是和眾人一起行動，接下來的錄影，則是一直守在螢幕前。就算利用遙控丟下哈蜜瓜的裝置，他也沒有機會設置吧。

依我的觀點，兩人是清白的可能性很高。

「不過天氣這麼熱，要在密閉空間裡錄影，眞的很辛苦。」

「是啊。可是攝影機拍不到的位置，準備了飲料和保冷劑。還有，雖然很少用到，也有攜帶式廁所。那天預定要在工廠裡面待很久，我和叫子姊姊都帶了比平常更多的東西。因爲流汗之後，也得自己補妝。」

牛腸夏鈴說完，露出天使般的微笑。她說她們錄影期間喝水補妝的模樣，也都被攝影機拍下來了，但在電視上播出時會全部剪掉。

「外景錄製都這麼累嗎？」

對於這個問題，不是本人，而是經紀人深見回答：

「現在是偶像明星百家爭鳴的時代，『銀河魅影』的知名度還很低，沒辦法對工作挑三揀四。但自從《銀光閃閃鬼影幢幢》每週固定播出以後，宣傳效果十分驚人。而且就算有些累人，讓成員分散出外景，也可輕減每個人的負擔。」

「我也是，比起穿泳裝犧牲色相，或是在綜藝節目被惡搞，能參與喜歡的領域的外景拍攝，快樂多了。」

感覺這是牛腸的肺腑之言。

呻木叫子的原稿3

串燒店不停有客人上門，不知不覺間，店內全坐滿了。

T又點了一份軟骨，啜一口啤酒，繼續說明夏目龍子命案。

「搜查本部首先懷疑的是，螺良說送宵夜時玄關門鎖著的證詞。只要沒有這個證詞，凶手不是在下雪前結束犯行逃走，就是在雪地上留下圓形痕跡，移動到主屋，只剩下這兩種可能。」

螺良聲稱，午夜零時的主屋是密室狀態，是不是想要包庇某人？會不會其實螺良送宵夜過去的時候，已發現夏目龍子的屍體，他知道凶手是誰，所以刻意做了僞證？因爲有螺良的證詞，導致這個時間在別館的夏目家的人都不可能行凶了。

「承辦刑警執拗地偵訊螺良，但螺良沒有改口。而且其他家人也證實螺良離開的時間頂多只有兩、三分鐘。從時間上來看，也不可能是進屋看到屍體後再回來。搜查本部接著注意到的是，失蹤的大女兒瑞穗。也就是因爲某些理由銷聲匿跡的瑞穗，偷偷回到主屋殺害龍子，在雪停之前逃走的劇本。」

這種情況，就是瑞穗持有遺失的後門備份鑰匙。雖然不無可能，但仍有說不通的地方。假設瑞穗是凶手，她何必刻意鎖上玄關的門？當時雪仍下個不停，不必特地走後門，直接從前門離開就行了。

「因此，搜查本部認爲，瑞穗是爲了拖延屍體被發現的時間，才會鎖上玄關門。她想藉此爭取自己逃亡的時間。」

「有道理，也不是不能理解。可是，這樣的話，雪停之後，是誰打開玄關門鎖？」

「這一點在搜查本部也引發了議論。不過，他們認爲只要能找到瑞穗本人，這些都不成問題，所以全力尋找瑞穗的下落。然而，不管是瑞穗留下的痕跡，還是貌似瑞穗的女人的目擊證詞，都沒查到半點影子。而且根本不曉得瑞穗失蹤的原因，她殺害龍子的動機也不明。」

「留在庭院的惡魔的圓形腳印，也很匪夷所思。」

「沒錯、沒錯。」

「對了，我有點好奇，現場的那顆哈蜜瓜，是凶手帶進來的嗎？」

「不是，其實主屋除了書房的哈蜜瓜以外，還有相當多哈蜜瓜。龍子的客戶，或者說信徒，都會送哈蜜瓜來，當成供品擺在祭壇前面。現場的哈蜜瓜是其中一顆。」

「龍子喜歡哈蜜瓜嗎？」

「唔，要說喜歡應該是喜歡吧。不過，夏目龍子這個名字，中間兩個字不是『目龍』嗎？『目龍』的讀音和『哈蜜瓜』一樣（註），所以龍子把哈蜜瓜當成自己的象徵。她會把哈蜜瓜供在祭壇前面一段時間，再拿去別館的冰箱冰起來，全家一起吃。但有時候多到吃不完，就會在屋子後面挖個洞丟掉，眞的是很浪費。」

雖然我也覺得浪費，但餐餐都吃哈蜜瓜，一定很膩吧。從內容聽來，就算一天吃一顆，似乎也來不及吃完。

「夏目龍子和哈蜜瓜之間的關係我明白了。還有，你剛才提到祭壇，龍子是在拜什麼？」

「嗯，這跟命案有關嗎？」

「這是身爲怪談作家的好奇心。因爲占卜師就算沒有信仰的對象，照樣能占卜吧？」

「這麼說來，或許是耶。」

註：「目龍」的日文讀音可以是「Melon」，與哈蜜瓜同音。

雖然T這麼說，但從調查結果來看，看不出龍子信仰什麼神。偵查資料裡也沒有明確的記述。

陳列著哈蜜瓜供品的祭壇上，究竟祭祀著什麼？或許祂和延續到現在的冷凍哈蜜瓜傳聞有關？我思考著這種可能性。

「總之，案情一直沒有突破，夏目龍子命案就這樣懸而未決。然後三年過去，螺良海人死了。這就是冷凍哈蜜瓜的第二起命案。」

螺良海人死亡的時候，已搬出夏目家，也不做占卜了。螺良海人的屍體在東京都內某棟十二層高的老舊住商大樓停車場被人發現。依狀況研判，像是跳樓自殺，但旁邊有一顆沾血的哈蜜瓜。這顆哈蜜瓜讓警方人員想破了腦袋。

哈蜜瓜完好無缺，而且經檢驗發現，曾被冷凍過。如果螺良抱著哈蜜瓜跳樓，哈蜜瓜應該會破掉或被壓爛。

此外，如果哈蜜瓜是螺良在跳樓前自行擺在停車場的，他必須計算好位置，才能墜落在哈蜜瓜近旁。實驗結果顯示，要在跳樓時控制落下的地點，必須精密計算當天的風速與風向，困難重重。搜查本部用沙袋實驗十次以上，才總算成功。

根據這些狀況判斷，極有可能是螺良以外的人，在螺良死後，將冷凍哈蜜瓜放置在現場。當然，夏目龍子的命案中出現冷凍哈蜜瓜一事，是偵查上的機密，對外下了嚴格的封口令。

「在螺良的口袋裡找到像是親筆寫下的遺書。是一張便條紙，只寫了一句『我再也承受不了』。這份遺書，讓負責夏目龍子命案的搜查本部懷疑螺良果然與命案有關。但截至目前，還是不清楚螺良具體上到底做了什麼事。」

夏目龍子命案中，螺良海人扮演的角色，主要是爲午夜零時主屋呈密室狀態這一點作證吧。由於他的證詞，不在主屋的夏目家成員都從嫌犯名單上被排除了。

另一方面，龍子的死亡推定時刻是晚上八點到十點，就算是最晚的十點，到午夜零時仍有長達兩小時的空檔。假設兇手還留在現場，這兩個小時之間，兇手到底在做什麼？還有，兇手到底是誰？究竟是如何不留下腳印，從主屋逃走的？

「所謂的冷凍哈蜜瓜事件，目前發生了幾起？」

「就我掌握到的範圍內，加上最近發生的案子，共有二十九起。」

「咦，眞的有這麼多？」

「對。唔，雖然不曉得裡面有沒有模仿犯，但包括之前我遇到的案子，共有二十九起。」

「被害人當中，跟夏目家有關的有幾個人？」

「只有夏目龍子和螺良海人而已。其他的有發現螺良海人屍體的老人家、雜誌記者、上班族等等，跟夏目家沒有直接關係，但每個人好像都是其中一起案件的發現者或目擊者。有些被害人無法確認他們是否曾把哈蜜瓜的事告訴別人。」

「各別的死因呢？每一個都是被砸死的嗎？」

「唔……每一個被害人的頭部都有損傷，但不全是被砸死。有的被害人是從樓梯摔下來，全身骨折。雖然致命傷是頭部遭到重擊啦。還有，有的被害人明顯留下被其他鈍器毆打的痕跡。所以，究竟是事故、他殺或自殺，完全無法判斷。可是，現場一定都有冷凍哈蜜瓜，因此警方仍不排除有犯罪的嫌疑。」

冷凍哈蜜瓜事件的原爆點，毫無疑問是夏目龍子命案吧。加上螺良海人也死了。從這裡開始，與夏目家無關的屍體發現者，或命案現場目擊者逐一死去。這死亡的連鎖，彷彿冷凍哈蜜瓜的詛咒。

可是，如果事件的核心是夏目龍子命案，只要能揭開此案眞相，連環冷凍哈蜜瓜事件之謎是否也能迎刃而解？如果龍子命案和一連串冷凍哈蜜瓜事件之間有著寬鬆的連鎖關係，那麼兩邊的案子，兇手可能是同一人。換句話說，殺害龍子的凶手，也引發了後續的冷凍哈蜜瓜事件。不過，這樣一來，就必須思考犯罪動機——爲何凶手要利用冷凍哈蜜瓜不斷犯案？

我決定將散漫的思緒聚焦在龍子命案上。

龍子命案有諸多奇妙之處。首先是雪地上的圓形痕跡。經過媒體炒作，它被視為惡魔的腳印，實際上與其說是腳印，似乎更接近圓球般的痕跡。間隔約三十公分，點點連繫兩棟建築物。目前不知道痕跡留下的順序是從別館前往主屋，還是從主屋前往別館，但不可能與命案無關，應該是凶手在雪地上移動而製造出來的痕跡。會弄成圓形的痕跡，應該是為了掩飾腳印。

第二個奇妙之處，是午夜零時主屋的玄關門鎖著這件事。T說玄關的栓鎖，不是能用絲線等機關從門外鎖上的結構。窗戶也是相同的栓鎖，因此和玄關門一樣，無法從戶外鎖上。後門沒有隙縫，不可能從室外動手腳。而且到了早上，玄關門就變成沒鎖的狀態了。比較合理的推論是，從午夜零時到發現屍體的上午七點之間，凶手再次把門鎖打開了。

單純地思考，螺良海人送宵夜過去的時間，凶手還在現場。但這裡就會出現第三個奇妙之處。凶手行凶後，在主屋待了超過兩小時，到底是在做什麼？還有，凶手打開玄關門離開現場之際，是如何不在雪地留下痕跡逃走的？

乍看之下，夏目龍子的遇害現場宛如密室，其實相當半吊子。主屋和別館之間留有一連串痕跡，應該是雪停以後，凶手移動留下的痕跡。此外，午夜零時的主屋雖然是密室，但如果凶手潛伏在屋內，就沒有什麼謎團了。考慮到這些狀況，可以認為雪停的時候，凶手已從別館移動到主屋，就這樣關在主屋裡面。

但早上七點玄關門打開後的凶手逃亡路線不明，因此主屋仍是一種雪地密室。午夜零時玄關門打不開、除了圓形痕跡以外，沒有疑似凶手腳印的痕跡、早上七點玄關門沒鎖，各別的要素湊在一起，構成一起令人費解的密室殺人案。

我舉出這些疑點，T低吟了一陣後，點了威士忌蘇打。

「我倒覺得不必拘泥這些小細節。」

「什麼意思？」

「如同當時搜查本部所推測的，凶手就是夏目瑞穗啦。如果是瑞穗，就算持有後門的備份鑰匙也很合理。她在雪停之前行凶結束，爲了拖延曝光時間，鎖上玄關門逃走了。沒有任何奇妙之處。」

「我剛才也提過，那到底是誰又把玄關門打開？如果瑞穗逃走了，玄關門不是應該一直鎖著嗎？」

「應該是螺良海人撒謊吧？其實午夜零時門根本沒有鎖。如果瑞穗和螺良是共犯，就沒有任何矛盾。搞不好他們兩個搞上了。」

「那神祕的圓形痕跡呢？」

「跟命案無關吧。或許只是發生了妳專攻的那類怪談，或者說超常現象。愛做的惡夢，搞不好就是製造出那些圓形痕跡的元凶。」

T大概是想要表達，因爲愛做了惡夢，所以發動了PK——念力，在雪地上造成奇妙的痕跡，是一種騷靈現象。T是現職刑警，居然會做出如此超自然的解釋。

「我認爲那些圓形的痕跡，是哈蜜瓜留下的痕跡。」我說。

「咦？妳是指哈蜜瓜妖怪從別館跳到主屋去，殺死了龍子嗎？這未免……」

T一笑置之，但我的腦海中，浮現出在雪地上彈跳著前往主屋的哈蜜瓜身影。

當然，我並非眞心認爲是冷凍哈蜜瓜殺害了夏目龍子。不過，我強烈地感覺到，這冷凍哈蜜瓜，就是解開命案之謎的關鍵。

☘

呻木叫子的意識還沒有恢復嗎？

到案發現場進行搜查時，可以專注在工作上，但像今天這種以文書工作爲中心的日子，不可避免地會掛念起呻木的事。

斜對面的座位上，同事津田正大打哈欠。注意到我的目光，他露出苦笑，辯解似地說「昨天太晚睡了」。

後來，我自行整理呻木叫子的案件狀況。

首先，案發時沒有明確不在場證明的，只有副導播辰野一個人。這段時間他聲稱正從超商返回錄影現場。監視器拍到辰野進出超商的身影，但後來沒有人目擊到他。因此，如果他能利用自行車等交通工具，縮短移動時間，也有辦法在案發時間身處現場。可是，廢棄工廠唯一的門關著，有三個人守在正前方，如何入侵巨大的密室是個謎，實在不可能輕易進出。

接著是身在這個巨大密室內部的牛腸夏鈴。她有辦法動手犯案嗎？牛腸一個人獨處的時候，一直被夜視攝影機拍攝著。鱷口、鮫島、深見三個人在外面監看影像，她不可能離開去行凶。由於影像是即時傳送，也不可能預先拍攝自己在現場坐著不動的影像，掉包畫面。如果扣押的影片中有任何可疑之處，搜查本部不可能遺漏。

或者是，歹徒在錄影前就偷偷躲藏在現場？從鱷口等工作人員抵達到錄影開始之間，實際上有數小時以上的時間差距。如果是在準備錄影的階段，是有辦法入侵廢棄工廠的。問題是，要如何逃脫？冷凍哈蜜瓜掉到呻木頭上後，鱷口和深見便立刻進來了。然後，門口有鮫島守著。在這種狀況下，歹徒不可能離開。在救護車和警察抵達現場前，狀況都一樣，因此接下來歹徒還是不可能離開現場。

即使成功混進搜查人員中離開，現場的攝影機仍裝設在原地持續錄影，若是拍到救護和搜查人員以外的人，遲早會被抓包。事發之後已過將近一週，還沒有接到從這個方向查出歹徒的消息。

考慮到這些狀況，認為歹徒是利用遙控丟下冷凍哈蜜瓜的裝置之類的機關來犯案，才是合理的。

那麼，誰有辦法在現場裝設這樣的機關？

這個問題馬上就可以回答。涉案人士當中，能夠在不被任何人發現的情況下設置遙控裝置的，只有辰野一個人。鱷口和牛腸夏鈴等直接參與錄影的人，在休息前的錄影工作中都沒有看到任何可疑之物，因此，裝置是在休息時間過後才裝設上去的。在這段時間，能夠不被旁人看到，自由進出工廠的人，顯而易見，只有獨自留守原地的辰野而已。

但如果辰野是歹徒，會有個大問題。案發當時，辰野不在螢幕前。呻木在負責的位置附近走來走去，要讓冷凍哈蜜瓜命中她的頭部，必須抓住她移動到最佳位置的瞬間動手才行。不盯著螢幕，沒辦法做到這件事。

或者，遙控裝置並非即時操作，而是定時裝置？只要利用乾冰或冰塊溶化的時間作為機關，便不需要在犯案後回收裝置。而且採用這種方法，沒必要緊盯著螢幕。可是，雖然範圍不大，但呻木會走來走去，這個手法不夠確實。即使案發瞬間聽到的慘叫聲是人爲製造的，也沒辦法用來操控呻木的行動吧。

或者，命中呻木是碰巧，其實那只是讓冷凍哈蜜瓜從天而降的機關？不不不，就算如此，一樣不明白歹徒這麼做的動機。如果是單純嚇唬人，不會想到要讓冷凍哈蜜瓜從天而降吧。而且，如果不知道警視廳內部流傳的冷凍哈蜜瓜的傳聞，根本不會想到要拿冷凍哈蜜瓜來嚇人的主意，推測歹徒有加害呻木的意圖才合理。

從可能設置機關的角度來看，辰野十分可疑，但從執行與回收的角度來看，辰野是歹徒的可能性就很薄弱了。

那麼，螢幕前的鱷口、鮫島和深見又如何？先不論機關的設置，這三人有辦法拿捏遙控操作的時機。而且鱷口和深見事發後都曾踏入現場，有機會回收機關。

想到這裡，我覺得看出了案情眞相。

「原來是這樣……」

我忍不住驚呼。

這起案子，辰野和鱷口是共犯。

從動機面來看，鱷口和呻木有私交，即使兩人之間發生過某些糾紛也不奇怪。雖然不知道是金錢問題，還是感情方面的問題，總之，假設鱷口有加害呻木的動機。然後，她在付諸實行時，要求部下辰野協助，會不會是這樣？

遙控裝置的安裝由辰野執行，實際動手和回收裝置，由鱷口負責。如此一來，就能圓滿地解釋案子的狀況。藉由合謀犯案，辰野和鱷口也能各自確保不可能犯案的不在場證明。

想出眞相的我，再也坐不住。

必須立刻把這件事告訴搜查本部才行。就算沒辦法直接通知，只要透過任職縣警的朋友，總有辦法轉達。

我焦急地想著這些事，私人手機響起。打電話來的，就是我正在懷疑的鱷口。

我從辦公桌前站起來，迅速移動到無人之處，接聽電話。

「喂、喂？」

「啊，高梨小姐嗎？」

「對。」

「現在方便講電話嗎？」

「可以，請說。」

「我剛接到呻木學姊的媽媽聯絡，說學姊恢復意識了。然後，她表示想趕快見到妳。」

「見我嗎？」

「對。我想妳工作應該很忙，但如果可以，請快點去找她吧。」

「好的。」

「那麼，我現在就過去醫院。」

鱷口說完，單方面掛了電話。

應該要追查的對象猝不及防地出招，我呆了好半晌。但電話中鱷口的聲音在腦海再次迴響，我登時全身發麻。

現在就過去醫院？

萬一鱷口就是歹徒呢？

「呻木有危險了！」

我直覺地如此判斷，也沒有先向上司報備，便趕往呻木所在的醫院。

呻木叫子的原稿4

夏目龍子會開始替人占卜，契機是第一次的婚姻失敗。

龍子是八王子市人，短大畢業三年後，在二十三歲時結婚。對方是世田谷大地主的兒子，這場婚姻備受祝福，眾人都認為她釣到金龜婿。我看過龍子當時的照片，她生了張渾圓討喜的臉，斂眉垂目，顯得十分靦腆。那表情像在為幸福的自己感到難為情，從她日後群眾魅力十足的占卜師風範，完全無法想像。

然而，這段婚姻並不長久。與公婆同住的生活造成莫大的壓力，兩年半後她便離婚了。她回到娘家，在附近的超市當計時人員，某天她拜入神樂坂的占卜師門下，三年後自立門戶，在町田市的商業設施一隅，替人算命糊口。

三十一歲時，她和上班族青沼光彥結婚。這對光彥來說也是第二段婚姻。這樁婚姻似乎成了重大的轉機，此後龍子的占卜愈來愈準，不知不覺間，口碑廣為流傳，躋身炙手可熱的占卜師。在父母相繼離世後，她回到娘家，做起占卜生意。也就是案發現場的夏目家主屋。換句話說，那裡是龍子的老家。

事業上軌道後，龍子加蓋別館，收了弟子，還收養孤兒。第一號弟子，是女弟子I，但I在案發三年前就離開夏目家，去向不明。滑川雨月是第二號弟子。I和滑川一起生活過一段時間。

夏目龍子的占卜方法，主要是周易、四柱推命、九星氣學之類傳統卜術，但僅提供給熟客的特別服務有些特殊。

我親自訪問到曾請龍子占卜的客戶。

五十多歲的J是個女演員。J主要活躍在影視圈，曾獲得知名電影獎項中的最佳女主角獎。若是寫出具體的作品名稱和J的特徵，立刻就會被查出是誰，因此在這裡避免提到與個人資訊相關的描述。只要當成她就是如此知名的女演員就行了。

J說夏目龍子是熟識的業界人士介紹的。起初她半信半疑，但她什麼也沒透露，龍子單看占卜的結果，就斬釘截鐵地說中許多事。龍子占卜出來的結果，後來全部實現了。

「以前我都把算命當成人生諮詢的延長而已。但夏目大師甚至不會問委託人有什麼煩惱。她只是甩動上面有八卦的骰子，然後告訴我甩出來的結果，可是她說的每一件事，我心裡都有底。」

因爲太神奇了，不知第幾次來算命時，J問：「爲什麼我什麼都沒說，大師卻知道我的狀況呢？」

龍子苦笑著回答「我什麼都不知道」。

「我只是說出得到的結果而已，其實我根本不知道妳具體上想知道什麼事。可是，就算不知道，對話還是能成立，對吧？這就是占卜的有趣之處。」

J無法判斷龍子這番話的眞實性。但站在顧客的立場，占卜的原理並不重要，只要算得準就夠了。

這是J開始去龍子那裡算命幾年後的事。

這天，J去找龍子求助的事，茲事體大。J在工作上面臨重大的抉擇。平常的話，J只會說「我要占卜工作上的事」，但這次無論如何都希望龍子能聆聽她的煩惱，所以她詳細說明想求助的內容。

後來得知，熟客當中，有不少人會對龍子滔滔不絕地述說煩惱。不過，龍子是以二十分鐘三千圓的計時制做生意，對於不需要聊天的客人，她不會詢問詳情，只傳達占卜結果，以免無謂地拉長算命時間。從這件事也可看出，龍子做生意頗有良心。

「大師嚴肅地聆聽，然後說：『J，如果是這麼重要的事，要不要我用特殊占卜幫妳算算？』我也聽過特殊占卜的傳聞，便回答：『請大師務必幫幫我！』」

收費雖然昂貴，但J毫不猶豫，要求進行特殊占卜。

於是龍子說「請稍等」，打開背後的紙門。裡面是一座白木打造的豪華祭壇。兩側裝飾著鮮花，周圍擺放著大量的哈蜜瓜供品。房間裡彌漫著香甜的果香，J頓時置身神祕的氛圍。

可惜的是，J看到祭壇的時間僅有短短數秒，不知道祭拜著什麼。不過，完全沒看到佛像或神像。此外，也沒有鏡子之類的東西。關於祭壇整體的氛圍，J如此形容：

「這樣說或許不太好，但最接近的，或許是葬禮時的祭壇。」

龍子進去祭壇房間時，J一個人在和室等待。不久，紙門內傳來龍子以外的女人聲音。

「一開始我以爲是大師的弟子。然而，同一時刻，等候室那裡也傳來女弟子——是姓滑川嗎？傳來滑川小姐的聲音，所以應該是別人。」

從祭壇的房間傳來的聲音斷斷續續，聽不出是在說什麼。這樣的情形持續五到十分鐘後，龍子突然回來。

「我請示過神明了。」

然後，龍子將占卜結果告訴J。

從結果來看，多虧龍子的占卜，J才能獲得現在的成功。

儘管很想問：「裡面的房間有人嗎？」但她害怕冒犯龍子和那位神明，實在不敢問出口。

「從頭到尾，請大師替我進行特殊占卜，就只有那一次而已，但我到現在都還記得那是很年輕的女孩聲音。」

公司老闆W現年六十多歲，他說當初創業時，夏目龍子的建議幫了大忙。住在品川的W是位富態的紳士，乍看之下屬於療癒系，沉穩的舉止讓人很有安心感。然而，他也是個隨時挑戰新商機的野心家，眼睛就像少年一樣閃閃發亮。

「我眞的很感謝夏目大師。多虧大師當時推了我一把，才會有今天的我。」

談到夏目龍子的時候，W的語氣是發自心底的尊敬。至今他仍會在龍子的祭日去她的墓前上香，看得出是眞心景仰。我也算是相信占卜的人，但從來不會爲特定的占卜師痴迷。雖然能夠想像W的感受，卻難以產生共鳴。

W會向夏目龍子求教相當實際的問題。在聘請員工時，龍子的建議也在人事上大有助益。W說，龍子從員工的生日算出他們屬於金、木、水、火、土這五行當中的哪一種，依據各別的能力，建議適才適所的職位。這應該是所謂的納音占卜。就是根據十干十二支來算出三十種『納音』的類別，來占卜其運勢及個性的方法，江戶時代的《大雜書》這部占卜百科中也有提到。

每當面臨工作上至關重要的抉擇時，W就會請龍子進行特殊占卜。

龍子退入裡面的祭壇房間時，W也發現紙門內會傳出龍子以外的女聲。

「雖然聽不出是在說什麼，但偶爾也有聽得出來的單字，是日語沒錯。應該是比大師年輕許多的女人聲音。」

W認爲房間裡有個類似靈媒的人。

「我一直以爲大師是讓神靈附身到年輕弟子身上，透過降靈的人說話，類似薩滿巫師。」

不過，W從來沒有在祭壇房間裡看過夏目龍子以外的人。

若說他不好奇是誰在說話，那是騙人的。可是……

「要直接問大師：『裡面有人嗎？』這實在太令人惶恐了，我不敢開口。」

W顫動下巴肉這麼說。

「可是，我現在認爲祭壇房間裡眞的有神明。」

這麼說著，面露恍惚神情的W，他的書房擺著和夏目龍子合照的照片。

夏目龍子在祭壇房間聆聽神諭時，有人偷覷裡面的狀況。

是前國會議員F。現年八十多歲的這位人士，其實是我的遠房親戚。他原本當了幾年的市議會議員，後來選上市長、縣議會議員，主要致力於推動觀光產業發展，五十多歲時第一次當選參議院議員，此後一直得到當地選民的穩定支持。由於健康因素從政界退休以後，F的第一祕書繼承了他在當地的民意基礎。附帶一提，F的孩子們都從事與政治完全無關的職業。

童山濯濯而皮膚光滑的F，看上去一點都不像個八旬老人。擔任議員時的威嚴猶存，我也對他敬畏有加。

F在擔任議員期間，每逢選舉，一定會來請夏目龍子爲他進行特殊占卜。

「不是請她占卜會當選還是落選。就算知道選舉輸贏也沒用，畢竟都決定要選了。我是向她求教，如何才能提高勝率。」

龍子移動到祭壇房間後，裡面傳出年輕女子的聲音。那明顯不是龍子的聲音。F一直以爲裡面的房間還有別人。因爲是重要的事，他認爲龍子也會聆聽第三者的意見來進行占卜。

不知第幾次來委託特殊占卜時，F偷看了祭壇房間。

「我知道這很沒規矩，可是我實在好奇夏目大師到底是在問誰的意見。而且那聲音聽起來比夏目大師年輕，我想知道是哪個天才占卜師。」

從紙門縫間偷看到的祭壇房間，是個陰暗的空間。雖然吊著日光燈，但燈沒有打開，光源只有祭壇兩側的大蠟燭。

F看見對著祭壇膜拜的龍子背影。龍子默默無語，房間裡卻有女聲迴響。聲音很小，似乎正斷斷續續地傳達占卜結果。然而，祭壇房間裡只有龍子一個人的身影。

這一瞬間，F莫名害怕起來。

「我覺得看到了不該看的東西，頓時毛骨悚然。」

F小心避免龍子發現，靜靜地關上紙門，回到原先的座位。

從祭壇房間回來的龍子，若無其事地將占卜結果告訴F。儘管是極爲重要的委託，

F卻聽得心不在焉。

附帶一提，F說祭壇最上面一層擺著一個木盒子。

「我想想，大小跟裝骨灰罈的盒子一樣。應該是桐木做的。」

F感覺聲音似乎是從那盒子傳出來的。

聽到這些，我有種不祥的預感。

過去我蒐集到的怪談裡，有類似的例子。在那則怪談中，出聲的東西眞面目實在過於駭人，甚至有些相關人士稱其爲「怪物」。但因爲預言神準，能說中失物的所在，這些神祕的能力，讓它過去被如此稱呼：頭之神。

☘

我來到呻木叫子的病房時，鱷口已在裡面。她今天也穿紅色系連帽衣配牛仔褲，頭上戴著印有「魔鬼剋星」標誌的鴨舌帽。

「咦？高梨小姐，妳來得好快。」

鱷口睜圓了眼睛說。

病床上的呻木背靠著枕頭，坐起上半身，臉色比想像中還要好。她對著我輕鬆地舉起手：「嗨！」

看來，我趕上了。

這時我才發現自己肩膀上下起伏，氣喘吁吁。

「什麼？妳是跑來的？還好嗎？」

呻木完全不曉得我的擔憂，悠哉地笑著。

我調勻呼吸，轉頭筆直望向鱷口。

「嗯，怎麼了嗎？」鱷口問。

「鱷口小姐，是妳幹的，對吧？」我平靜地說。

鱷口本人張口結舌，整個人呆掉了。她還是一樣妝很濃，那副容貌看起來有點像猥褻的成人玩具。我看不出她是眞心驚訝還是裝出來的。

不可掉以輕心！我告誡自己，在呻木和鱷口面前披露自己的推理。

兩人默默聽我說明，鱷口不時朝呻木使著奇妙的眼色。

「就像以上說的，從邏輯上來看，除了鱷口小姐和辰野先生共同犯案以外，別無可能。」

我斬釘截鐵地一口咬定。

抬頭挺胸地一口咬定。

然而，呻木和鱷口的表情都沒什麼變化。現場的氣氛讓我覺得不太對勁。難不成我出了什麼大糗嗎？這樣的不安悄悄湧現。

短暫的沉默之後，鱷口嗔怪地說：

「妳看啦，都怪呻木學姊，害我變成罪犯了。妳好好跟高梨小姐解釋清楚。」

呻木用右手做出膜拜動作說「抱歉、抱歉」。

「高梨，這傷不是妳想的那樣啦。」

「不是我想的那樣？那是怎樣？」

到底是怎麼回事？

「其實，這是一場意外，而且是我自作自受。」

「咦？是意外嗎？」

「沒錯。我用自己準備的機關丟下冷凍哈蜜瓜，可是沒站好位置，哈蜜瓜砸到我的頭，就是這樣。對不起，給大家添麻煩了。」

呻木向我和鱷口低頭行禮。

我細問詳情，呻木說她在休息時間後、就定位之前，在二樓設置利用乾冰做成的冷凍哈蜜瓜掉落定時機關。

「我在裝保冷劑和飲料的袋子裡，裝進乾冰和冷凍哈蜜瓜，帶進現場。」

「可是，要不被任何人看見，抱著哈蜜瓜上樓梯，不是很困難嗎？」

我提出質疑，呻木說「也不盡然」。

「因爲建築物裡面很暗，只要不開手電筒，其實不會被發現。夜視攝影機的位置是固定的，別讓鏡頭拍到哈蜜瓜就好了。」

「呻木學姊在正式錄影前，都會在現場轉來轉去，所以我也沒怎麼放在心上。」

呻木做的機關非常簡單。她在二樓些微傾斜的位置放上冷凍哈蜜瓜，再把乾冰當成擋塊堵住。接下來，只等時間一到，乾冰融化，哈蜜瓜自然就會滾落。乾冰融化的時間，呻木經過多次實驗，已計算出來。但案發——不，這是意外，所以是事發才對——事發當天，發生意想不到的插曲。

「幽靈在絕妙的時機發出慘叫聲，害我錯過閃開哈蜜瓜的時機，結果就像這樣被送醫住院了。」

呻木說「請大家笑我吧」，但我眞的笑不出來。

鱷口似乎也相當憤慨，噘嘴說：「一點都不好笑！」

「好不容易拍到眞的靈異現象，卻因爲呻木學姊送醫，節目不能用了啦！還要另外錄影墊檔，搞得我們人仰馬翻！」

「眞的很對不起嘛。」

從呻木的表情，實在很難看出她有多少反省之意。

總之，我理解呻木只是單純的倒楣。

話說回來……

「妳爲什麼要設這種機關？」

這是我最好奇的一點。

「當然是爲了逼出冷凍哈蜜瓜事件的凶手啊。根據我的計畫，錄影期間冷凍哈蜜瓜掉下來，這段影片應該會在節目上播出。如此一來，眞正引發冷凍哈蜜瓜事件的凶手絕對不會默不吭聲。」

「鱷口小姐知道呻木的計畫嗎？」

「不知道。不過，冷凍哈蜜瓜事件我從以前就有耳聞。所以，現場出現哈蜜瓜的時候，我以爲呻木學姊也淪爲冷凍哈蜜瓜事件的犧牲者了。我還差點相信因爲呻木學姊把冷凍哈蜜瓜的事告訴我，導致哈蜜瓜砸到學姊頭上。」

「差點」這樣的說法引起我的注意。難不成鱷口早就發現這場意外的眞相？她已發現眞相，只是靜待呻木恢復意識？

「呻木學姊，剛好高梨小姐也在場，妳是不是可以說那件事了？」

鱷口催促，呻木點點頭說「是啊」。

這麼一提，是呻木說想要見我。我想起這件事。

「鱷口學妹也說了，我以前跟她說過冷凍哈蜜瓜的事。然後鱷口學妹告訴我，關於現在仍持續發生的冷凍哈蜜瓜事件，嫌犯的條件已縮到相當小的範圍內。」

「眞的嗎？」

我帶著充滿猜疑的眼神望向鱷口，但鱷口堅定地點點頭：

「眞的啦。先不管最初的夏目龍子和螺良海人的命案，其他案子的被害人，多半是冷凍哈蜜瓜事件的發現者或目擊者，這是很重要的一點。這些人和案子原本應該是無關的，然而，兇手卻知道被害人和冷凍哈蜜瓜有關。」

「意思是，兇手也在各別命案的現場？」

「不，不一定非如此不可。」

「如果兇手不在現場，不就無從得知屍體的發現者和目擊者是誰了嗎？」

「可以的，如果兇手是警方人員的話。」

「啊……」

「警方人員能看到案子的筆錄，有辦法知道涉案人士的資訊，接下來，只要打探裡面有沒有人把哈蜜瓜的事說出去就行了。」

「有道理。可是，假設凶手是警方人員，追根究柢，凶手為什麼要連續犯下冷凍哈蜜瓜事件？」

呻木回答了我這個問題：

「因為凶手就是第一起冷凍哈蜜瓜命案——夏目龍子命案的凶手。為了掩蓋殺害龍子的詭計，凶手不斷引發冷凍哈蜜瓜事件。在與夏目家沒有直接關係的被害人附近擺顆哈蜜瓜，讓人錯覺案子是以冷凍哈蜜瓜為主軸連續發生，把焦點從哈蜜瓜在龍子命案中扮演的角色轉移開來。」

「意思是，第一起命案中，凶手也是警方人員？呃，難道……」

難道呻木叫子發現了眞相？

她知道夏目龍子命案的凶手是誰？

面對我無言的提問，呻木強而有力地點點頭：

「沒錯，我知道是誰殺了龍子。所以才把妳找來，想告訴妳眞相。」

接著，呻木叫子娓娓道出夏目龍子命案的眞相。

「那天，凶手應該是預謀要殺害夏目龍子。一開始的目的，是殺害龍子後，將主屋暫時打造成密室，以確保自己的不在場證明。」

「凶手是怎麼把主屋弄成密室的？」

我提問，呻木當下回答：

「方法非常單純。玄關門框是木製的，所以凶手離開主屋時，在玄關門上潑水，把門弄濕。當時正值寒冬夜晚，冷到下雪，玄關門很快就凍結打不開。以前應該發生過一樣的情形。我的老家也在栃木北方，每到冬天，玄關門和車門經常會凍結打不開。所以，我才會想到凶手的詭計。」

根據呻木的推理，凶手的計畫非常單純。每天午夜時分，其中一名弟子會端宵夜去主屋。凶手只要利用這一點，讓弟子確認主屋鎖著，這個時間身在別館的凶手就能脫離嫌犯名單。

「想像一下案發當天凶手的行動。凶手趁還在下雪的時候，偷偷移動到主屋，然後從背後靠近龍子打死她。倉促布置密室，凶手正要逃，卻走了霉運。」

「霉運？」

「沒錯。凶手出去一看，雪停了。如果直接走回別館，雪地會留下自己的腳印。凶手絞盡腦汁，發現祭壇上的哈蜜瓜有幾顆已凍結變硬。因爲擺在沒有暖氣的地方好幾天，就算不是完全凍結，有些哈蜜瓜應該也凍結了一半。凶手踩上去，測試能否支撐體重，接著準備兩顆哈蜜瓜，像踩球特技那樣踩在一顆哈蜜瓜上，然後在幾十公分前方處擺上另一顆哈蜜瓜，踩在上面，再撿起後面的哈蜜瓜，擺到前面。凶手就像這樣輪流使用兩顆哈蜜瓜，成功移動到別館。這就是留在庭院的神祕圓形痕跡的眞相。在現場留下沾血的冷凍哈蜜瓜，是爲了模糊圓形痕跡的異常性的障眼法。」

「爲什麼要這麼大費周章，避免留下腳印？」

我感到心跳加速。

「因爲凶手知道只要留下腳印，就會被查出是自己。」

「只憑腳印？可是，那是預謀犯案吧？那時候下雪了，只要一開始就穿著其他家人的鞋子前往現場……」

「凶手辦不到。因爲凶手是小孩，腳的尺寸很小。也因爲是小孩，才有辦法踩在哈蜜瓜上移動。這要是大人的體重，就算哈蜜瓜凍結，也支撐不住。」

啊，呻木叫子果然發現了。

「我說的沒錯吧？**高梨愛**。」

呻木叫了我的全名。

「聽津田說，妳在結婚以前，舊姓是夏目，對吧？然後，這也是請津田調查的，妳就是夏目龍子的養女愛。」

我聽說同事津田刑警是呻木的國高中同學。我會和呻木認識，是透過津田的介紹。

然後，我也知道津田最近偷偷摸摸在打探冷凍哈蜜瓜的事件。

「妳踩著哈蜜瓜回到別館，把哈蜜瓜冰到冰箱裡，回去自己的房間。然後到了十一點半，謊稱做了惡夢，大吵大鬧，意圖製造自己在午夜零時以前的不在場證明。」

我沒有吭聲。

畢竟是二十年前的案子，不可能還有任何物證。呻木的推理，都只有間接證據。

「妳殺害養母龍了，理由應該和龍子在祭壇祭祀的『神明』有關吧？」

聽到「神明」這兩個字，我感到五雷轟頂。

「妳怎麼會……？」

「或許妳不相信，但我知道類似那個『神明』的東西。祂是不是裝在盒子裡？」

我靜靜地點頭。

沒錯，設在主屋深處的祭壇。祭壇最高的位置上，有一個木盒子。

裝在那盒子裡面的是……

光彥和螺良發現龍子的屍體時，把那個盒子從現場帶走，藏到別館裡。因為那是絕對不能被警方——被任何人看到的東西。因此，警方的案件資料裡，沒有提到祭壇上祭祀著什麼。

「妳看到盒子裡裝的東西了吧？」

沒錯，我看到了。所以……

「妳認爲自己也會被弄成『神明』，對吧？妳的姊姊會消失，是因爲她被弄成『神明』，對吧？」

姊姊失蹤那天早上，我看到了。看到光彥開車把姊姊載走。然而，對於負責搜索瑞穗下落的警方，光彥卻撒謊「那天早上她一個人去上學了」。

幾個月後，主屋祭壇迎來新的「神明」。

下一個就輪到繪里奈，或是我了。

這不是我胡思亂想，因爲……

「因爲瑞穗警告我了。」

那聲音至今仍在耳邊縈繞不去。

「她說『這樣下去，妳會被殺』……」

呻木叫子的原稿5

世上眞有所謂的奇緣。

我採訪了發生在K亭這家溫泉旅館的怪談、出現在O隧道的無頭女鬼怪談，以及警界流傳的冷凍哈蜜瓜的傳聞，最後發現這三則怪談，其實密切相關。

經過調查，夏目龍子的丈夫光彥，他的父母青沼稀一郎與其妻鈴，過去住在栃木縣北部的牛頭溫泉鄉。當時，青沼夫妻就住在現今K亭興建的地點。

稀一郎的母親是當地知名的祈禱師，被稱爲「神戶之神」或「神明」。「神戶之神」其實是同音的「頭之神」，根據推測，神體是人類的骷髏頭或是人頭。雖然沒有人直接目睹神體，但祂最大的特徵是會進行預言，而且在預言時，會發出聲音。

由於母親過世，青沼夫妻離開當地，遷至神奈川縣鎌倉市。這時，青沼稀一郎似乎開始自行製造「神明」。具體方法不明。一開始應是綁架孩童，利用其屍體製造。製造出來的「神明」，在占卜師之間以高價買賣。然而，和稀一郎的母親使用的「神明」不同，青沼夫妻製造的「神明」並不完全，短短幾年就會失去預言能力，必須繼續製造新的「神明」。

兩人的兒子光彥，給了妻子夏目龍子一個「神明」，鞏固她身爲占卜師的地位。代價則是，夏目龍子負責供應製造「神明」的材料。他們將有資質的人（主要是具有感應能力的少女或年輕女子）收爲弟子或養女，在恰當的時機改造爲「神明」。夏目家就是這種惡魔般的工廠。

「可是，在大量製作的過程中，他們漸漸掌握到訣竅，從瑞穗那時候，好像就臻於完美了。」

過去是夏目龍子養女的愛，嫌惡地說道。

得知箇中原委後，再回頭來看，螺良海人極有可能是自殺。愛表示，螺良似乎知道「神明」的祕密。雖然不清楚他是否參與製造「神明」，但應該是承受不了罪業的深重，自我了斷。在屍體附近擺上冷凍哈蜜瓜的不是別人，就是愛。

「瑞穗告訴我『海人會死掉』，所以我帶著哈蜜瓜去現場。」

愛口中的「瑞穗」，指的是化爲盒中「神明」的瑞穗。由於瑞穗的預言，愛早就知道螺良會死，便帶著冷凍哈蜜瓜前往現場，擺在屍體旁邊。

「我覺得只要像這樣拿冷凍哈蜜瓜來裝飾屍體，就能轉移注意力，讓人想不到我是利用哈蜜瓜離開主屋。」

連續發生的冷凍哈蜜瓜事件的眞相也都類似。

「我認爲只要把哈蜜瓜擺在和夏目家沒有直接關係的人旁邊，就能永遠掩飾殺害龍子的詭計。如此一來，我就安全了。」

愛會事先從「瑞穗」那裡聽到有人即將死於犯罪或事故，然後她就把冷凍哈蜜瓜擺在現場，如此而已。但冷凍哈蜜瓜事件頻繁發生，是她成爲警察以後的事，而且螺良海人自殺前，雙方原本就有聯絡，考慮到這些，也可做出更符合現實的解釋，因此我對愛的說法存疑。唯一令人不解的是，有不少人眞的在命案或事故現場目擊到哈蜜瓜，然後在告訴別人後死去。我懷疑這與愛把冷凍哈蜜瓜擺在現場，卻又想隱瞞冷凍哈蜜瓜的存在的矛盾心理有關。我問過愛這一點，但愛三緘其口。在現階段，似乎只能當成冷凍哈蜜瓜的詛咒。

言歸正傳，包括失敗作在內，長年來青沼家陸續製造「神明」。未使用的頭部以下的軀體是光彥負責處理。他棄屍的地點主要以北關東爲中心，Ｏ隧道也是其中之一。前往調查怪談的時候，我在隧道附近發現四具化成白骨的屍體。也就是說，這些死者是遭到青沼家的人殺害，被製造成「神明」的女人。警視廳與各地縣警正聯合追查光彥的車子行蹤，找出Ｏ隧道以外的棄屍地點。

到底會找到多少人的屍體？光是想像，就教人遍體生寒。

最後我要交代一則新聞，在Ｏ隧道失蹤的Ｈ同學平安地受到警方保護。警方進入鎌倉的青沼家進行搜索，找到被軟禁在屋內的Ｈ。據說Ｈ一身白衣，在和室裡誦經。健康狀態似乎沒有問題，但因爲身處特殊環境，罹患ＰＴＳＤ（創傷後壓力症候群），現在正住院療養中。

警方進入青沼家時，發現稀一郎與鈴上吊自殺了。屍體仍有餘溫，應該是發現警方上門，決定自盡。

進入現場的警察J如此描述：

稀一郎和鈴死在屋子最深處的和室。兩人在面對簷廊的橫木掛上浴衣帶子，雙雙上吊。年老衰萎的夫妻倆並掛在那裡搖晃的景象，說有多詭異就有多詭異。最先發現屍體的人就是J。

「自殺現場的壁龕，有一個像是用來裝昂貴的壺的桐木盒。」

J表示，他發現身亡的青沼夫妻時，那個箱子裡傳出笑聲。

「聲音高亢，發出『呀哈哈哈哈』的笑聲。對，我沒有聽錯。因為跟我一起進去的部下也聽到了。」

據說，桐木盒裡裝著化成木乃伊的人類頭部。比對齒型後，發現是十三年前失蹤的女雕刻家。當時二十三歲的女雕刻家，在工作室留下做到一半的作品，忽然消失無蹤。

「然後，最近負責解剖盒中頭顱的醫師，毫無前兆就自殺了。聽說是在下班回家的途中，突然從車站月台跳向進站列車。」

這也是化為「神明」的頭顱帶來的災禍嗎？

建在青沼家大宅旁邊的儲藏室裡設有祭壇，前面擺了一張不鏽鋼床。祭壇上似乎祭祀著形狀前所未見、宛如神像般的東西。室內看上去打掃得很整潔。

「那個空間很奇妙，像是融合宗教設施和醫院手術室一樣。」

這是實地調查儲藏室的鑑識課人員的感想。

這間儲藏室裡，驗出許多人的血液和肉體組織。從現場狀況來看，可知此地在漫長的歲月裡，都進行著血腥的行爲。

考慮到案件的異常性，以及對社會造成的影響，警方沒有向媒體公布詳情。因此，走筆至此的稿件，或許也不會有公開的一天。

偏題一下，我在處女作〈D坡的怪談〉裡，提到某個遭到作祟而在近世滅村的聚落，村名也叫青沼，這會是巧合嗎？

查閱近世的文獻資料，記載著那裡古時住著一位被稱爲「神明」的占卜師或祈禱師，讓人不禁懷疑兩者大有關聯。遺憾的是，現存資料有限，無法確定是否與青沼家有直接的關係。

不管是在八王子市的自家，還是鎌倉市的老家，都沒有發現夏目光彥的蹤跡，警方正在全力追緝。愛說他很快就會落網。

「是瑞穗告訴我的。」

這麼說的愛，也很快就不知去向了。

其實，在愛銷聲匿跡之前，我去她家拜訪過。愛和她的作曲家丈夫住在日野市的透天厝。

這天她的丈夫不在，屋子裡只有愛和我兩個人。

我們在客廳喝茶閒聊了一會，愛忽然起身離座。她回來的時候，雙手捧著一個桐木盒。一看到那盒子，我就知道那是什麼了。

愛微笑著，將那只桐木盒擺到桌上。

我沒聽到說話聲，但感覺箱子內側傳出奇妙的呼吸聲。

愛特別同意我，將箱蓋啊啊啊

啊啊啊啊啊啊啊啊啊啊啊啊啊啊啊啊啊啊啊啊啊啊啊啊啊啊啊啊啊啊啊啊啊啊啊啊啊啊
啊啊啊啊啊啊啊啊啊啊啊啊啊啊啊啊啊啊啊啊啊啊啊啊啊啊啊啊啊啊啊啊啊啊啊啊啊啊
啊啊啊啊啊啊啊啊啊啊啊啊啊啊啊啊啊啊啊啊啊啊啊啊啊啊啊啊啊啊啊啊啊啊啊啊啊啊
啊啊啊啊啊啊啊啊啊啊啊啊啊啊啊啊啊

呻木叫子老師留下這份稿件，便下落不明。至今已過兩年，依舊杳無音訊。另，本稿基於老師家屬強烈的要求，予以公開發表。敝社員工皆由衷希望能盡快確認呻木老師平安無事。（編輯部）

【主要參考文獻】

《日本現代怪異事典》朝里樹 著/笠間書院
《現代幽靈論——妖怪・幽靈・地縛靈》大島清昭 著/岩田書院
《怪異製造　日本近世怪異文化史》木場貴俊 著/文學通信
《妖怪學新考　從妖怪看日本人的心》小松和彥 著/講談社學術文庫
《奇談異聞辭典》柴田宵曲 編/筑摩學藝文庫
〈隧道怪談〉常光徹 著/《思考奇妙世界會會報》三九
《永久保存版　超常現象大事典》羽仁禮 著/成甲書房
《精選　日本民俗辭典》福田アジオ・神田より子・新谷尚紀・中込睦子・湯川洋司・渡邊欣雄 編/吉川弘文館
《改訂・攜帶版　日本妖怪大事典》水木茂　繪・村上健司 編著/角川文庫
《柳田國男全集4》柳田國男 著/筑摩文庫

《影踏亭怪談》解說——當水被油吞噬

（本文涉及故事謎底，請斟酌閱讀）

文／冒業

在高度發展的先進社會，特別是社會學家丹尼爾．貝爾（Daniel Bell）稱爲以知識技術形成的「後工業社會」（postindustrial society），專業化分工越見精細。不同背景的專家在各自的領域進行「知識生產」（knowledge production），形成一個一個龐大獨立、複雜且資訊繁多的知識體系。簡而言之，知識出現了分眾化、碎片化的現象，進入不同專業領域的門檻也因而提高。大家只對自己的園地足夠熟悉，其他的則日漸陌生。

可是當一切反過來，不同界別的專業人士忽然開始做同一件事時，由於各人做事風格都非常獨特，他們將構成五彩繽紛的斑斕風景。

日本的推理小說正是如此。當代推理作家的背景相當多樣，有曾經是平面設計師的京極夏彥、醫師知念實希人、當過編輯的三津田信三、當過十二年記者的橫山秀夫、曾是放射技師的今村昌弘等等。

這部《影踏亭怪談》的作者大島清昭的背景亦相當特別，他是專攻日本幽靈和妖怪的研究家，曾出版過修訂自碩士論文的《現代幽靈論——妖怪・幽靈・地縛靈》（現代幽霊論——妖怪・幽霊・地縛霊）和《日本恐怖電影的幽靈研究》（Jホラーの幽霊研究）兩部論著，也參與過兒童書系列「怪談逢魔時刻學園」（怪談オウマガドキ学園）的製作，甚至當過占卜師。《影踏亭怪談》是他第一部結合日本怪談的本格推理小説集。首篇〈影踏亭怪談〉爲大島獲得第十七屆「Mysteries新人獎」（現已更名爲「創元Mystery短編獎」）的處女作，初出茅蘆已頗受好評。

在這之前，將推理解謎結合恐怖、妖怪等的知名作家，已有京極夏彥和三津田信三等人。三津田曾在二〇一六年接受網站「本の話」的訪問〈恐怖推理名手以「煤礦」爲背景展開的稠密世界〉（ホラーミステリの名手が「炭鉱」を舞台に繰り広げる濃密な世界）時提及，「邏輯性的推理」與「非理性的恐怖」猶如水和油一樣無法相容，卻也因此想挑戰把它們融合。爲此，不同作家們在作品加入水和油的比例都不盡相同，並會採用自製的「肥皀水」混和兩者。京極作品中妖怪從不登場，它是特定人物內心世界失調的象徵甚至具現化；三津田以民俗學和後設小説爲基礎，將主角（讀者）置於被神怪恐怖或前現代舊習包圍的環境底下，宛若造訪主題公園一般直接體驗當中的獨特邏輯。

不過，在決定好水和油的比例以及「肥皀水」的成分之前，每個作家總要先處理第一件事：超自然現象是否眞實存在？大島本人在雜誌《紙魚の手帖Vol.01》的新人獎得主訪談中表明他親身經歷過大量靈異體驗，且相信靈是眞實存在的。而他在《影踏亭怪談》使用的「肥皂水」，正是作爲他故事中的分身、專門採集怪異現象的怪談作家呻木叫子。她運用學者書寫論文那種理性到極點的冰冷筆觸，將怪談事件與殺人事件並列，猶如使用放大鏡一般仔細觀察兩者。

《影踏亭怪談》收錄的四則短篇運作採用了統一工整的格式：先介紹一個神怪現象和相關地點，由多位以字母代稱的匿名受訪者講述他們的遭遇，從中歸納出怪異現象的規律。再分別以呻木叫子將她造訪該地點的經歷寫成小說的「小說內」，以及另一人來到該地點的「小說外」兩種角度敘述故事。故事後半總是發生命案，並且都是密室殺人。終末總會同時解開命案眞相和神怪現象的部分成因，而密室詭計總是出自人類之手。大島正是透過嚴格地將水和油，即人類的殺人行爲和神怪現象兩者分隔開來、互不相干，卻又反而因此得以共存，讓作品能夠同時兼顧到靈異恐怖和本格推理兩種文類的審美——直到最後一份原稿，將一切反轉。

首篇〈影踏亭怪談〉有個頗爲有趣的開頭：女主角呻木叫子「一出場即退場」。其弟弟在呻木居住的鬧鬼公寓裡發現她被綁在椅子上，雙眼更被自己的頭髮縫起來。而根據呻木留下的原稿，她早前曾在旅館影踏亭收到告知她將要遭遇「封眼」的「預知電話」。於是，弟弟為了查出將姊姊變成這樣的怨靈眞面目而前往影踏亭，卻遭遇靈異研究家水野晶雙眼被挖走、死在密室中的事件。更有趣的是，雖然〈影踏亭怪談〉最終並未對「預知電話」此靈異現象的起源作出具體解釋，只講述它的形象為只有頭部的孩童幽靈，卻反倒有解釋呻木被綁在椅子兼遭「封眼」的原因：公寓中的靈為了不讓她目睹弟弟的死而將她困住並封上雙眼，一直到弟弟的葬禮結束，以一個靈異現象（靈的溫柔「動機」）去「說明」另一個靈異現象所預知的內容（「封眼」）。

第二篇〈朦隧道怪談〉講述五名大學生來到多次出現無頭幽靈的朦隧道探險，其中一名女生邊見沙彩卻從此失蹤。生還的四人不斷地做同一個和隧道有關的夢。後來他們再次來到隧道尋找沙彩，沒料到其中一人高田雄一在隧道中化為無頭屍。在這一篇，呻木在研究朦隧道的原稿中直接引用大島自己的論著《現代幽靈論——妖怪·幽靈·地縛靈》中針對幽靈在固定地點出沒的成因提出的幾種分類，並藉此進行推理，最終發現附近埋藏著四具無頭屍體，四名死者因而成了困在隧道的地縛靈。以「分類」輔助推理的手法在本格推理小說十分常見，比如約翰·狄克森·卡爾的《三口棺材》的「密室分類」、有栖川有栖的《魔鏡》的「不在場證明分類」，或是三津田信三的《如山魔嗤笑之物》的「比擬殺人動機分類」。只是，以上均為本格推理謎團相關的分類，至於運用「靈異現象」的分類去輔助推理，〈朦隧道怪談〉恐怕是首篇這樣做的推理小說。

以上兩篇分別出現只有頭的幽靈和沒有頭的幽靈，讀到這裡相信有人已察覺事有蹊蹺了。

第三篇〈泥濘坡怪談〉講述泥濘坡流傳著出現渾身泥濘的妖怪的謠言，而上星期一名叫光輝的小孩子在泥濘坡失蹤，爲此呻木再度造訪此地。呻木曾將十三年前在泥濘坡的經歷寫成了出道作〈D坡的怪談〉，估計是致敬江戶川亂步的第一部以偵探明智小五郎爲主角的作品〈D坂殺人事件〉。有別於其他幾篇，「小說內」的〈D坡的怪談〉並非未公開手稿而是已發表的小說作品，至於「小說外」的敘事者亦是十三年後的呻木本人。十三年後，除了光輝在泥濘坡失蹤，攝影師十和田彩葉被發現死在公民館的密室內，全身塗滿泥巴。結尾在破案的同時，亦揭露泥濘坡上面的墓地背後曾爲一座名叫青沼的村落，因作祟而被消滅，如今已化爲沼澤，底下更埋藏了古老的骨頭。

最後一篇〈冷凍哈蜜瓜怪談〉開首緊接著上一篇的結尾。跟〈影踏亭怪談〉一樣，呻木再度「一出場即退場」。呻木在屬於靈異景點的廢棄玩具工廠進行外景拍攝工作，期間被從天上掉下來的冷凍哈蜜瓜擊中頭部送醫，「小說外」則爲女警高梨調查相關案件。此作的風格可歸類爲「笨蛋推理」（おバカなミステリー，簡稱バカミス），全篇充滿荒誕可笑的感覺。早在二十年前開始，就不時出現屍體旁邊留下冷凍哈蜜瓜的奇怪案件，死者總是看似被冷凍哈蜜瓜砸死，類似案件已發生了二十九宗。第一宗的死者爲著名占卜師夏目龍子，凶器是花瓶，外面爲沒有留下腳印的雪密室，雪地上只有奇怪的圓形痕跡。〈冷凍哈蜜瓜怪談〉是全書唯一加入敘述性詭計的一篇：「小說外」的敘事者女刑警高梨愛就是所有命案的凶手（除了呻木的案子，那是她自己不小心），她正是二十年前夏目的其中一名養女，因「瑞穗」警告她將會被殺而先殺害了夏目。

在結尾，之前每篇遺下的幾個謎團一下子就串連了起來：影踏亭只有頭的幽靈爲具有預知能力的「神戶之神」（或「頭之神」），旅館的位置原本是夏目的丈夫青沼光彥的父母青沼稀一郎和妻子鈴的居住地。青沼家的血脈似乎也和泥濘坡附近那個已消失的村落青沼有關。青沼家懂得製作「神明」的方法，爲了可以繼續預知未來，夏目兩夫妻接連殺害多人，利用他們的頭部去製作「神明」，屍體餘下的部分有四具丟棄在朦隧道，引起隧道的無頭幽靈怪談。到了這裡，《影踏亭怪談》原本嚴格區隔水和油的作法徹底打破：一切都先由人而起，企圖製造人工的「神明」，造成的連鎖反應掀起一波波靈異現象的漣漪。

然而，最後的最後，《影踏亭怪談》更留下一條時空錯亂的尾巴：失蹤了兩年的呻木所遺下的原稿中寫道，女警高梨愛事後已失蹤，但原稿又忽然跳回愛在失蹤之前，向呻木展示疑似裝著「神明瑞穗」的桐木盒。一寫到愛伸手碰觸桐木盒的蓋子，原稿的後續便只剩下一串鬼畫符。

究竟呻木是在愛消失不見之後才告失蹤，抑或反過來呢？如果是前者，代表她在看過桐木盒裡面之後仍活著，那她在書寫原稿時發生了什麼事？如果是後者，爲何又會在前面加上「這麼說的愛，也很快就不知去向了」？

水試圖理解油，甚至操縱油，卻反被油吞噬。

作者簡介

冒業，九十年代出生。香港科幻、推理評論人及作家。第十九屆台灣推理作家協會徵文獎首獎得主，台灣推理作家協會國際成員，經營評論部落格「我思空間」。近作有〈九百年後的前奏曲〉（收錄於《故事的那時此刻（台灣推理作家協會徵文獎首獎得主作品集）》）。

恠29／影踏亭怪談

原著書名／影踏亭の怪談
原出版社／東京創元社
作　者／大島清昭
翻　譯／王華懋
責任編輯／陳盈竹
編輯總監／劉麗真
榮譽社長／詹宏志
發 行 人／涂玉雲
出 版 社／獨步文化
城邦文化事業股份有限公司
104台北市中山區民生東路二段141號5樓
電話：(02) 2500-7696　傳真：(02) 2500-1967
發　行／英屬蓋曼群島商家庭傳媒股份有限公司城邦分公司
104 台北市中山區民生東路二段141號2樓
網址／www.cite.com.tw
讀者服務專線／(02) 2500-7718；2500-7719
服務時間／週一至週五：09：30～12：00　13：30～17：00
24小時傳真服務／(02) 2500-1900；2500-1991
讀者服務信箱E-mail／service@readingclub.com.tw
劃撥帳號／19863813
戶名／書虫股份有限公司
香港發行所／城邦（香港）出版集團有限公司
香港灣仔駱克道193號號1樓東超商業中心
電話／(852) 2508-6231　傳真／(852) 2578-9337
E-mail／hkcite@biznetvigator.com
馬新發行所／城邦（馬新）出版集團
Cite (M) Sdn Bhd
41, Jalan Radin Anum, Bandar Baru Sri Petaling,
57000 Kuala Lumpur, Malaysia.
Tel: (603) 90578822
Fax: (603) 90576622
email:cite@cite.com.my
封面繪圖／丁安品
封面設計／高偉哲
排　版／游淑萍
印　刷／中原造像股份有限公司
●2022年12月初版
售價380元

ISBN 9786267226025（平裝）
9786267226032（EPUB）

國家圖書館出版品預行編目資料

影踏亭怪談 / 大島清昭著；王華懋譯 . –
初版. – 台北市：獨步文化，城邦文化
出版：家庭傳媒城邦分公司發行，民
111.12
面 ； 公分. --（恠；29）
譯自：影踏亭の怪談
ISBN 9786267226025（平裝）
9786267226032（EPUB）

861.57　　111016840

獨步文化
APEX PRESS

廣　告　回　函
北區郵政管理登記證
台北廣字第000791號
郵資已付，免貼郵票

104台北市民生東路二段 141 號 2 樓

英屬蓋曼群島商家庭傳媒股份有限公司

城邦分公司

請沿虛線對摺，謝謝！

獨步文化
APEX PRESS

書號： 1UR052	**書名：** 影踏亭怪談	**編碼：**

請於此處用膠水黏貼

獨步文化 APEXPRESS

讀者回函卡

謝謝您購買我們出版的書籍！

請費心填寫此回函卡，我們將不定期寄上城邦集團最新的出版訊息。

姓名：________________________ 性別：□男 □女

生日：西元__________年__________月__________日

地址：____

聯絡電話：____________________ 傳真：________________

E-mail：____

學歷：□1.小學 □2.國中 □3.高中 □4.大專 □5.研究所以上

職業：□1.學生 □2.軍公教 □3.服務 □4.金融 □5.製造 □6.資訊

□7.傳播 □8.自由業 □9.農漁牧 □10.家管 □11.退休

□12.其他 ________________________________

您從何種方式得知本書消息？

□1.書店 □2.網路 □3.報紙 □4.雜誌 □5.廣播 □6.電視

□7.親友推薦 □8.其他 ________________________

您通常以何種方式購書？

□1.書店 □2.網路 □3.傳真訂購 □4.郵局劃撥 □5.其他

您喜歡閱讀哪些類別的書籍？

□1.財經商業 □2.自然科學 □3.歷史 □4.法律 □5.文學

□6.休閒旅遊 □7.小說 □8.人物傳記 □9.生活、勵志 □10.其他

對我們的建議：________________________________

____

____

為提供訂購、行銷、客戶管理或其他合於營業登記項目或章程所定業務需要之目的，家庭傳媒集團（即英屬蓋曼群島商家庭傳媒股份有限公司城邦分公司、城邦文化事業股份有限公司、書虫股份有限公司、墨刻出版股份有限公司、城邦原創股份有限公司），於本集團之營運期間及地區內，將以mail、傳真、電話、簡訊、郵寄或其他公告方式利用您提供之資料（資料類別：C001、C002、C003、C011等）。利用對象除本集團外，亦可能包括相關服務的協力機構。如您有依個資法第三條或其他需服務之處，得洽詢本公司服務信箱cite_apexpress@cite.com.tw請求協助。相關資料不提供亦不影響您的權益。

□我已詳讀權利義務之相關條款，並同意遵守。

請於此處用膠水黏貼